D E A R + N O V E L

レジーデージー

月村 奎
Kei TSUKIMURA

新書館ディアプラス文庫

S H I N S H O K A N

レジーデージー

目次

イラストレーション／依田沙江美

レジーデージー

—Lazy Daisy—

1

田植えが済んだばかりの水田はぴんと水を湛《たた》えて、透明《とうめい》な板ガラスのように五月の青空を映《うつ》していた。

ガソリンスタンドやファミリーレストラン、ゲームセンターなどが立ち並ぶ県道と、住宅街との間に、まだ水田や畑がずいぶん残っている、そんなのんびりとした郊外の町だった。

引っ越し業者のトラックが身軽になってゆうゆうと走り去るのを見送って、僕は小さくため息をついた。身体中の空気がしぼしぼと抜けていくような気がする。

極力小さな字で「大須賀《おおすが》一夜《いちや》」と記した住宅表示をポストのアクリル板に差し込んで、うっそりと薄暗い家の中に戻った。

小さな台所とダイニング、リビング、それに和室が二部屋あって、猫の額ほどだが庭もついている。二十六の若造が一人で住むには贅沢《ぜいたく》すぎる広さだった。これで僕が昨日まで住んでいた都内の1DKよりも家賃が安いのだから驚きだ。

もっとも安さと広さだけがすべての、ろくでもない物件だった。築四十年の薄汚い家は、震度3でも全壊しそうなほどくたびれていた。窓はいまどきサッシではなく、すすけてむらになった京壁《きょうかべ》はところどころ剝《は》がれ落《お》ちている。玄関の床板はシロアリにやられたのかフカフカで、うっかり踏み抜いてしまいそうだった。

この田舎町《いなかまち》も、以前は自動車産業でそこそこ活気があったらしい。ところが五年前に大手自動車メーカーが工場を撤退《てったい》して以来、下請《したう》けや孫請けの会社が次々に倒産して、人口は減少の一途《いっと》を辿《たど》っているということだった。

町は活性化を図《はか》るべく、首都圏《けん》まで高速で一時間という地の利を生かして、ベッドタウン構想を打ち出した。空《あ》き家《や》や社宅に手を入れて、首都圏から若い世代を呼び込もうというのである。

しかし手を入れたといっても、ごくごく最低限の手しか入っていないボロ屋なのだ。

やけを起こして適当に引っ越しを決めてしまった早計を、僕は早くも後悔し始めていた。

不意に玄関の呼び鈴が鳴った。

「こんにちはー。ごめんくださーい」

沈み込みかけていた思考を吹き飛ばすような、威勢のいい声が響いてくる。

引っ越してきたばかりの土地で、訪ねてくる客の心当たりもない。訝《いぶか》しみながら、ひずんだ窓ガラスを鏡がわりにして全身をチェックした。

今日は片付けで汚れるからと、糊《のり》の抜けた着古しのシャツを着てきてしまっていた。髪も櫛《くし》を通しただけで、きちんと整髪していない。埃《ほこり》が入るとやっかいなのでコンタクトもやめて、度の強い眼鏡《めがね》をかけてるし。

　だらしない格好で人前に出ることが僕は何より嫌いだったが、手櫛で髪を撫《な》で付《つ》けている間にも、急《せ》き立《た》てるように呼び鈴が鳴らされる。

　ひとまず身なりを整えることを諦《あきら》めて、玄関に回った。

「あ、どーも初めまして」

　タイルのような歯並みを覗《のぞ》かせて、僕と同じくらいの年ごろの男が立っていた。

　ジーンズに気の早い半袖《はんそで》のTシャツ、と服装はごく無造作《むぞうさ》なものだったが、思わず見惚《みと》れるほどに、きれいな男だ。

　太くはないがくっきりした眉《まゆ》と、二重《ふたえ》の彫りが完璧《かんぺき》な目元。唇は薄いが口は大きく、笑った顔が妙に人懐《ひとなつ》こい。毛先を剝《す》いた長めの髪は、絶妙のトーンでカラーリングされていた。

　あがり框《がまち》の段差のせいで、正確なところはわからないが、一七〇の僕よりも十センチくらい上背《うわぜい》がありそうだった。同じ痩《や》せ型《がた》でも、貧相という形容が相応《ふさわ》しい体格をひそかに気にしている僕とは対照的に、いかにも敏捷《びんしょう》そうなバネを感じさせる体型だった。頭が小さいせいか全身のバランスがすらりときれいで、実際よりも更に長身に見える得なタイプだ。

　なんとなく相手の風貌《ふうぼう》に見覚えがあるような気がしたが、この町に知人の心当たりはないし、相手も「初めまして」と言っているのだから、気のせいなのだろう。

「さっき通り掛かったら引っ越しのトラックが停まってたから、新しい人が来たんだなぁと思って」

さっそく新聞の勧誘かよと警戒心を覗かせると、男はぱっと気さくな笑みを浮かべた。

「オレ、隣のアパートに住んでるカワシマっていいます。隣っていっても田んぼを隔《へだ》てた向こうだけど。三本川に山のつくシマで、川嶋《かわしま》」

人指し指でさらさらと空中に文字を書いてみせる。

隣人と知って、僕は笑顔を取《と》り繕《つくろ》った。

「すみません、こちらからご挨拶《あいさつ》に伺《うかが》わなきゃいけないのに、今着いたばかりでガタガタしてて」

「いえいえ。あの、お名前伺ってもいいですか？」

「あ、大須賀といいます」

相手を真似て、大小の大に…と説明しながら指先で綴《つづ》ってみせた。

「大須賀さん、か。一人ですか？」

玄関先に一足きりの靴を見て、人懐こく訊《たず》ねてくる。黙って立っていると猫科の動物のような美しさがある男だが、くるくるとよく動く目や気さくな喋《しゃべ》り方《かた》はその外見とはちぐはぐで、どちらかといえば犬系の親しみやすさだ。同年代と思ったが、いくつか年下なのかもしれない。

「そうです、一人暮らしです」

「じゃ、荷物の整理とか大変でしょ？　何なら手伝いますよ」

「いえ、そんな……」

「あー、今、下心ありィとか思ったでしょう」

「いや、別に……」

男相手にどんな下心があるっていうんだよ。

相手の人懐こさに警戒心をつのらせつつ、僕は丁寧に、けれどそっけなく答えた。

「ご親切はありがたいですが、たいした荷物じゃないし、一人で十分です」

「そうですかぁ？　人手が必要な時は言ってくださいよ。仕事のない日だったら、いつでも手伝うし、何なら友達派遣《はけん》しますよ。あ、大須賀さん仕事は？　サラリーマン？」

「いや、自由業です」

ただの隣人に職業を名乗る義務があるとも思えない。適当に受け流して、

「色々ご親切にすみません。また改めてご挨拶に伺いますので」

言外に「さっさと帰れよ」とほのめかしてみせる。

さも忙しげに後退《あとずさ》りかけた時、足の下でめりめりといやな感触があった。

「うわっ」

腐ってるよ、この床、完全に！

しなった床板に足を取られて、後ろに引っ繰り返りそうになった。悲鳴をあげながら両手を

ぶんぶん回してバランスを取っていると、川嶋が靴のまま一歩あがってきて僕の肘《ひじ》をつかまえた。

「大丈夫？」

ぐいと引っぱられて、安全な足場に引き戻された。

「だ、大丈夫。ありがとう」

おたおたと答えながら、顔に血の気《け》がのぼる。

格好悪すぎ……。へたったシャツとか、洗いっぱなしの髪とか、いつになくだらしない身なりだけでももう十分にカッコワルいのに、このうえ玄関先でキテレツな踊りを踊ってしまった。

「危ないなぁ、ここ。早く直した方がいいですよ」

川嶋は屈《かが》み込《こ》んで、抜けかけた床をカツカツ叩《たた》いた。

「そうですね、そうします」

答えながら、感謝するどころかその秀麗《しゅうれい》な横顔にむかっ腹が立ってくる。完全な八つ当たりなのはわかっているのだが、君島《きみしま》といいこの男といい、こういう素《す》のままでも魅力的なタイプの前に立つと、僕はいたくコンプレックスを刺激されるのだ。

用がないならさっさと帰れよ、とつむじを睨《にら》みつけていると、僕の念視を感じたのか相手はぱっと顔をあげた。

「そうそう、肝心の用件を忘れるところだった。引っ越し早々アレなんですけど、大須賀さん、再来週の日曜ってヒマですか？　町内会のバザーがあるんですけど」

……町内会のバザー？　冗談じゃない。

「すみません、あいにく都合が悪くて」

「そうですか。残念だなぁ。じゃ、その翌週は？　町の恒例《こうれい》イベントで、リサイクルリレーっていうのがあるんですよ」

「……なんですか、それ」

「ゴミ拾いをしながら、町内をリレーして回るんです。面白《おもしろ》いですよ」

……どこがだよ。

「せっかくですけど、僕はちょっと……」

「そう言わず、是非《ぜひ》参加してくださいよ。大須賀さんみたいに引っ越してきたばかりの人はご近所と親しくなるチャンスでもあるし」

うんざりだ。近所づきあいだなんだという煩《わずら》わしいことは、できれば避けて通りたい口なのだ。やっぱりこんな田舎に引っ越すんじゃなかった。

「申し訳ないけど、僕は走るのって不得意なんです」

「そんな身構えなくてもオッケーですよ。お遊びなんだし。色々特典もあって結構盛り上がるんですよ。優勝地区は清掃《せいそう》当番が免除になったり」

「清掃当番？」

「うん。各町内、順番で年に二回側溝《そっこう》のどぶ浚《さら》いがあったりね。色々あるでしょ、そういうの」

げーっ。

ずっと都会の賃貸マンション暮らしだった僕にしてみれば、免除をありがたがる以前に、そんな当番が存在すること自体げんなりだ。田舎の一戸建《いっこだて》っていうのはなんて厄介《やっかい》なんだ。

「飛び入りでも平気ですので、気が向いたら言ってくださいね。いや、なんかお忙しそうなところにお邪魔しちゃってすみません」

川嶋はぺこりと頭を下げて、軽快に引き返しかけた。ふと立ち止まり、こっちを振り向く。

「あー、こんなこと言うと我ながらナンパのヒトみたいだなぁとか思うんですけど」

「は？」

「大須賀さん、前にどっかで会ってないっスか？」

「え……」

既視感《きしかん》を感じていたのは、どうやらこちらだけではなかったらしい。

「実は僕もなんとなく……」

「でしょ？　絶対会ってるよー。どこで会ったんだろ。大須賀さん、いくつ？」

「二十六」

「オレのが三つ下か。じゃ同級生ってことはないですね」

同じくらいの年かと思ったら、三つも年下かよ。

「大学時代、とか？」

「いや、オレ大学なんて行ってないから」

しばらく考え込んで、川嶋はぽんと手を打った。

「もしかして前世で会ってたりしてね。で、運命の再会。きら～ん」

両手を組み合わせて、目をばしばしとしばたたいてみせる。

このアホにどんなリアクションを返すべきかうんざりしていると、川嶋は我に返ったように背筋を伸ばした。

「冗談ですって。そんな目で見ないでくださいよ。何か思い出したら、また寄りますね」

気さくに言って、今度こそ威勢よく駆け出していった。

地元の青年会でも仕切っているのだろうか。一軒一軒回り歩いて町内行事の参加者を募《つの》っているとは、余程ヒマな人種なのだろう。

僕は再び室内に戻った。とりあえず荷物の整理をしなくては。週末にはエッセイの締切が二本控《ひか》えている。そういえばその参考にしようと思っていた雑誌を、段ボール箱のどこかに押し込んでしまったのだ。

早くもうんざりしながら、梱包《こんぽう》を解《ほど》きにかかった。

どの箱も、本や資料がみっしりと詰まって、もてあますほどの重さだった。辟易《へきえき》しながら中身を引っ張りだしているうちに、今はあまり見たくなかった一束《ひとたば》を掴《つか》み出《だ》してしまった。

色々なジャンルの雑誌がまぜこぜで十数冊ほど束になっている。一番上は月間の読書情報誌だった。半年前のその号の表紙を飾《かざ》っているのは、君島と僕のアイドルばりの写真だ。

ミステリ界のスーパーユニット・ワンプラスワン
君島隆一《きみしまりゅういち》&大須賀一夜の魅力を徹底解剖《てっていかいぼう》!!

目一杯すましかえった僕の顔の横に、陳腐《ちんぷ》な煽《あお》り文句が躍《おど》っている。

大学の同級生だった君島とユニットを組んで小説を書くようになって、今年で丸三年になる。爆発的に人気があるというわけでもなく、中堅のまあそこその位置の割に、受けた取材の数は随分《ずいぶん》と多い。それもミステリや読書関係の雑誌ばかりではなく、中高生向けの芸能誌や女性誌の取材というのも結構あった。ほとんどが写真つきで。

作家にとって容姿などというものは必要条件ではないが、貴重な付加価値ではあるらしい。スポーツの世界などでも、若さや風貌の魅力から一躍《いちやく》人気に拍車《はくしゃ》がかかったりすることはよくある。雑誌の取材で写真が掲載《けいさい》されたあとには、僕らの本には必ず重版がかかった。そもそも、最初の本が売れたのだって、受賞後のテレビのインタビューがきっかけだった。

小説で食べていくことは言うに及ばず、自分の見てくれが収入の足《た》しになろうなどとは、十年前にはまったく想像もできないことだった。もっとも世間の注目の九割は、君島のルックスに注がれているのだと思うが。

僕は愚鈍《ぐどん》でいいところのない子供だった。運動神経が鈍《にぶ》く、成績もぱっとせず、頭にはつむじが四つもあって、おまけにひ弱で朝礼のたびにぶったおれていた。

兄姉や級友たちからは毎日のようにからかわれ嘲笑《あざわら》われ、両親や教師からは常に誰かと比較されてため息をつかれていた。

いじめにあっていたとか、愛情に飢《う》えていたとか、そういうこととは違う。ただありとあらゆる面で自分が人より劣《おと》っているということを、日々思い知らされる子供時代だった。

生まれ育った田舎の狭《せま》い子供社会では、一度定着したイメージはなかなか払拭《ふっしょく》できなかった。高校を卒業するまで、僕はバレンタインデーに一度もチョコレートをもらったことがないような、冴えない男だった。現実に嫌気がさして、高校時代の僕はひたすら読書にのめりこんでいた。

様子が少し変わったのは、東京の大学に進学してからだ。情けない子供時代を知らない人間の目には、自分はそれほどみっともなくは映らないらしいことがわかって、僕は俄然《がぜん》みてくれを整えることに燃えはじめた。

旬の服。旬の髪型。旬の音楽。旬のデートコース。常に身綺麗《みぎれい》に隙なく自分を演出し、惨《みじ》めな子供時代から少しでも自分を遠ざけようと躍起《やっき》になった。

入学後間もなく、仲良くなった女友達に誘われて、僕はミステリ研究会というややオタクっぽいサークルに入った。本を読むのは好きだったが、特別ミステリジャンルに思い入れや造詣《ぞうけい》があったわけではない。あくまでなりゆきという感じだった。

そこで、僕は君島隆一と出会ったのだ。

必死で努力をして、やっとなんとか見られるという僕とは対照的に、君島は生まれながらにすべてに恵まれているような男だった。同性の目から見てもほれぼれするような美丈夫《びじょうぶ》で、おまけに人を引き込む魅力的な話術の持ち主でもある。

同性としてはそんな男に好感を持てるはずもなく、逆に君島は君島で、僕のことなど侮《あなど》っているのがみえみえだった。サークルの中でも、別に親しい相手ではなかった。

きっかけは、ミステリ作家志望だという君島が何かの折に見せてくれた一本のプロットだった。それは素人《しろうと》の学生が考えたとも思えない素晴らしい密室トリックだったが、君島は事件と事件を繋《つな》ぐキャラクターの心情部分がどうしても書けずに詰まっているのだと言った。

一方の僕は、奇想天外なトリックなど逆立《さかだ》ちしても思いつけないタイプだったが、くよくよと思い悩む少年時代を送ったせいで、くどくどしい心理描写はお手のものだった。

半《なか》ば冗談で、僕はその繋ぎの部分を書いてみせた。それが「ワンプラスワン」というユニット結成の発端《ほったん》だった。

大学四年の時に二人で投稿した作品が認められ、まるで惨めな子供時代が嘘のように、僕はもてはやされるようになった。

脚光《きゃっこう》を浴びることに、人並みにいい気になりもしたし、自分も案外捨てたものではないかもしれないと思ったりもした。けれど、冴えない子供時代の記憶が、僕の中ではいつも尾を引いていて、心底楽観的にはなれなかった。

だから二ヵ月前、君島と編集者の裏切りにあった時にも、ひどくショックを受けながらも、心の中では「やっぱりな」という諦めの気持ちがあった。

うまく人間に化けてみせたつもりで、尻尾《しっぽ》をのぞかせているキツネみたいなものだ。

僕はあくまで愚鈍《ぐどん》でぱっとしないダメ男で、取り繕ってひとときの栄華《えいが》に浮かれてみたところで、すぐに化けの皮など剝がれてしまうものなのだ。

そもそもワンプラスワン自体、君島あってのユニットだった。マンガでいうなら、君島と僕は作家とアシスタントの関係だ。君島がネームを切り、ペン入れまで済ませた原稿に、僕が背景を入れ、トーンを貼《は》って完成させる。僕はいくらでも取り替えがきくパーツだ。

創作の才能だけではなく、渉外的《しょうがいてき》な部分も、主導権は人付き合いのうまい君島が一手に担当していた。

君島がほとんど役には立たない僕を切り捨てて一人で仕事をしたいと考えるのも無理からぬことだし、美友紀《みゆき》が君島に鞍替《くらが》えしたのも当然のなりゆきだった。むしろ大半の編集者が最初から君島サイドにつく中で、短い間とはいえ山崎《やまざき》美友紀のような有能な編集が冗談でも僕なんかとつきあってくれたことの方が不思議なくらいだった。

あれこれ考えだすと、暗澹《あんたん》たる気分になってくる。僕はぶるんとかぶりを振った。ぐだぐだ考えていても仕方がない。今はとにかくこの荷物を片付けて、エッセイの仕事をやっつけてしまわなければ。

手の中の読書情報誌を、僕はポンと放った。他の雑誌の山に重ねようと思ったのだが、ひどいコントロールで、それは積み重なった雑誌の横腹にあたり、山を突き崩してしまった。

……あーあ。余計な手間が増えた。

舌打ちしながら、散らかった雑誌を積み直した。

ふと、一冊の芸能誌の表紙に目が止まった。

二人の青年が背中合わせのポーズで蠱惑的《こわくてき》に微笑《ほほえ》んでいる。

芸能界にてんで疎《うと》い僕でも知っている、ウィザーズという二人組のアイドルだ。

人気がブレイクしかかっていたのに、この直後に片割れの立花類《たちばなるい》というのが急に引退してしまい、もう一方は俳優に転身したのだ。

僕の目をひいたのは、その俳優に転身した方の男だった。

「……さっきの川嶋って……冗談だろ?」

呆気《あっけ》にとられて、僕は思わず独《ひと》りごちた。

見覚えがあると思ったのも道理だった。

僕の不自然な作り笑いのグラビアなどとは雲泥《うんでい》の差の、いかにもカメラ慣れしたその表紙の右側の人物は、ここ数年好きなタレントアンケートといえば必ずベストテンに入る若手俳優、川嶋大志《かわしまたいし》その人だった。

2

けたたましい呼び鈴の音で目が覚めた。

寝起きの頭は、なまぬるい粘土《ねんど》を詰め込まれたように朦朧《もうろう》としていた。眩《まぶ》しさに順応しきれず、目の奥がみしみしと痛んだ。

「おはようございまーす」

玄関の古めかしい引き戸を開けると、くだんのゲーノージンが今日はいかにもそれらしいサングラスをかけて、大きな口で笑っていた。

幕が払われるように、目が覚めていった。

「あ、まだおやすみでしたか？　すみません」

まだ九時前だった。昨日は夜中まで片付けをして、そのあと明け方までパソコンに向かい、疲れ果てて着替えもせずに眠ってしまったのだ。夜行性の僕にとって、朝の九時といえば真夜中といってもいいような時間帯だ。

僕はやや焦《あせ》りながら、シャツの皺《しわ》を指でのばした。昨日からひどい格好ばかりを見られている。

《恋人にしたい男》アンケートで五指に入るような相手を前に、自分の寝起きの格好がいかにも滑稽《こっけい》に意識されて居心地が悪かった。

「こんな格好ですみません。寝たのが明け方だったもので……」

言わずもがなの言い訳をすると、川嶋大志《かわしまたいし》はサングラスをずらして、無邪気な瞳をのぞかせた。

「いえいえ、セクシーですよ、その乳首《ちくび》」

僕はぎょっとしてシャツを搔《か》き合《あ》わせた。

大志は弾《はじ》けるように笑いだした。

「いいなぁ、なんかそういう反応」

……人を叩き起こしておいて、どういう態度だ。

こちらの不興など意に介《かい》したふうもなく、大志は手にしたペーパーバッグから何かを取り出した。

「その眼鏡ナシの顔だったら、すぐにわかったのに。昨日、家に帰ってから『あっ』って思ったんです。大須賀《おおすが》さんってワンプラの一夜《いちや》さんだったんですね。すごい偶然。大ファンなんですよ、オレ」

ほら、と差し出されたのは、僕らの最初の本だった。

「すげー好きなんです、この本。もう何度読み返したかわかんないくらい。最初読んだときはホントやられたーって思いましたよ。あの大どんでん返し」

「そうですか」

「だってもう、絶対あの島村《しまむら》っていう刑事が犯人だと思うじゃないですか。それが犬と五歳児の犯行だって明かされるシーン、もうオレ驚きのあまり踊っちゃいましたもん」

まるでそのときの状況を再現するように、大志は玄関先で冗談めかしたステップを踏んだ。

その軽快な動作に目を奪われながら、僕は複雑な気分だった。

自分が考えたわけでもないトリックを褒《ほ》められても、返事の仕様《しよう》がない。ましてやコンビががたついている今の状況で。

「その大須賀さんが隣に越してくるなんて超ラッキー」

「こちらこそ、まさか隣があの川嶋大志さんだなんて思いもよらなかったですよ」

大志は動きを止めた。

「あ、なんだ。ご存じだったんですか」

「僕もあのあと思い出したんです」

「じゃ、あいこですね」

大志は屈託《くったく》なく笑って、銀色の指輪がふたつ嵌《は》まった骨っぽい指で本の表紙を開いた。

「実はサインをねだりにきたんです」

……ゲーノージンに面と向かってサインをせがまれるのは四年ぶりだ。

デビューしたばかりの頃、インタビューで引っ張り出されたテレビ局の食堂で、名前も知らないアイドルのバックダンサーかなにかにねだられて以来。いや、ああいうのはまだ芸能人未満なのかな。

「サインは汚れと見做《みな》されて、古本屋では買い叩かれるんですよ」

「失礼だな。売ったりするはずないでしょ。宝物にしますから、ここんとこに川嶋大志様って入れてくださいね。あ、こっちは友達の分」

脇に挟《はさ》んでいた色紙《しきし》まで差し出してくる。

「これは立花類《たちばなるい》でお願いします」

……立花類って例のウィザーズの片割れの？

「なんだかおこがましいですよ。人気アイドルに僕ごときがサインだなんて」

大志は外したサングラスの弦《つる》をくわえて、ちょっとどきりとするような上目遣《うわめづか》いでこっちを見上げてきた。

「大須賀さん、オレのファン？」

「は？」

「オレの誕生日知ってたり、オレのドラマを録画したり、オレのポスターを部屋に貼ったりしてます？」

1998.6

「いや……」

「でしょ？　ところがオレはワンプラの本は全部初版で持ってて、本棚の一番いい場所に並べてあるんです。ね？　オレの勝ち」

……何が勝ちなんだ。

「アイドルっていうのは、客観じゃなくて主観の存在なんですよ。ここでは大須賀さんがアイドルで、オレはただの一ファン」

「……むちゃくちゃ言いますね、川嶋さん」

呆《あき》れて言うと、大志はぶるっと大仰《おおぎょう》な身震いをした。

「その川嶋サンっていうの、やめてほしいな。なんかゾワゾワする。大志って呼び捨てでいいですよ」

さすがにアイドルあがりの人気俳優だけのことはある。人の気を引くのがうまい。売れっ子の芸能人からこんなふうに親しみを示されたら、大抵の人間はのぼせあがって喜ぶのだろう。

けれど元々あまりテレビを見ない僕は、同性のアイドルなどにさしたるありがたみも覚えず、むしろこれ見よがしに恵まれた容姿や、人好きのするその屈託《くったく》のない性格に君島《きみしま》と同じ種類の匂《にお》いを感じていやな気分になった。朝っぱらから起こされて、寝起きのルーズな身なりを見られたのも不愉快《ふゆかい》だった。

とはいえ、わざわざ本音を口にして、ごたごたする必要もない。どうせこの先親しくつきあっていくわけじゃないし、適当にあわせておけばいいことだ。

「光栄だな。じゃ、そうさせてもらいます」

社交辞令を返して本と色紙を受け取ろうとすると、大志は腰を屈《かが》めて僕の顔を覗《のぞ》き込《こ》んできた。

「ねえ、そこで何か言うことがあるでしょ？」

「は？」

「片方が愛称を明かしたら、そちらも教えてくれるのが人間関係のルールっていうものだと思うな」

厚顔《こうがん》な芸能人めと内心むっとしながらも、自分の社交下手《べた》をずばり指摘されたようで一瞬たじろいでしまう。

「ああ…いや、僕は別に普通に呼んでもらえればいいです」

「普通って？　大須賀センセイ、とか？」

……バカにしやがって。

「先生はやめてください」

「じゃ、一夜さん」

……だから、どうしてそう極端から極端に走るんだ。

「あまり名前で呼ばれたことないんで……」

暗《あん》に拒絶したつもりだったのだが、

「へえ。じゃ、呼ばせてもらえるオレってラッキーですね」

手前勝手な解釈《かいしゃく》をして、にこにこと笑っている。

むかつきがピークに達したとき、表から短いクラクションが聞こえた。

「あ、ヤバい。実はこれから仕事なんです。それ、あとで取りに寄りますんで、お願いします」

本と色紙を僕の手に押しつけてばたばたと飛び出していったと思ったら、引き戸からひょいと顔をのぞかせた。

「そうそう、バザーとリサイクルリレーの件、考えてくれました？」

「いえ……」

再びクラクションが二回。

「はいはい、今行くって。それじゃ、またのちほど」

一人で勝手にまくしたてて去っていく。

……まったくなんて強引で厚かましい男なんだ。

寝直す気分にもなれず、シャワーを浴びて、午前中いっぱいをまた掃除や整理に費《つい》やした。

玄関の床板のことで大家に連絡しなくてはと思ったが、大志とのやりとりで、他人と話すのがうざったくなってしまった。

近くのコンビニで昼食を仕入れ、午後はエッセイの仕事をだらだらと片付けた。ミステリに関する専門的なものを除いて、ワンプラ名義のエッセイの仕事はほとんど僕が担当している。君島は本業の小説とマネージメント部分だけでも充分に忙しい。どうでもいい雑文は、雑用係の僕の仕事というわけだ。

君島とのコンビがこの先どうなるかはわからないが、とりあえず年内はワンプラとしての仕事が詰まっている。僕が担当している一年契約の女性誌の仕事も、まだあと半年、隔週で十二回分残っている。

『ミステリの魅力なんてわかりもしないミーハーな女どもが読むんだから、テキトーに流しておけばいいよ』

仕事が決まったとき、君島はそんなふうに笑って言った。そうだね、もちろんそうするよ、と僕も笑って答えてみせた。そうして毎回三分で書き流していますという涼しい顔を装いながら、その実《じつ》二千字ほどのエッセイにいつも丸々三日を費やしていた。

書いている内容は、それこそミステリとは無関係の、とるに足らない日常のことばかりだった。取材先で食べた奇妙な菓子の話、街で見かけたちょっとした出来事、季節の植物の話。そんなものでも、僕には適当に流して書くという力加減がわからない。やるとなれば無駄に真剣にやってしまう。

そういう舞台裏を、人には絶対に気取《けど》られたくなかった。真剣にやってこの程度かと思われるのは何よりの屈辱《くつじょく》だ。

だから三日間うんうん唸《うな》って書いた原稿も、ほんの片手間で書いたような顔をしてみせる。我ながらとんだ見栄《みえ》っぱりだ。

『いい加減な仕事してんなぁ。どうせまた三分で書いたんだろ?』

原稿に目を通した君島からそんなコメントをもらうときには、うまく騙《だま》し果《おお》せたことへの満足感と、やはり三日かけても三分で書いたとしか思われない駄文なのだという落胆《らくたん》で、複雑な気分になるのだった。

読者の反応は上々だと担当の編集者は言っていたが、それは例えば人気アイドルのステージならば、口パクだろうがどんなひどい音程だろうが、やみくもにキャーキャー騒がれる、そういう心理と似たところがあるのだと思う。

君島のルックスが、ワンプラにどこかアイドルめいたファン層を生み出しているのは確かで、そういう層にしてみれば、文章の内容など二の次なのだろう。ワンプラの君島が書いたというだけで——実際は僕が書いているわけだが——全然違うものに見えるに違いない。まるで裸の王様だ。

カップ麺《めん》で夕飯を済ましているところに、その君島から電話がかかってきた。

『悪かったな、引っ越し手伝えなくて』

いつ聞いても人あたりのいい魅力的な声だ。

「とんでもない。気持ちだけで充分ありがたいよ」

僕も極力愛想《あいそ》のいい声で、型通りの返事を返した。

大学時代から八年近いつきあいになるが、僕らの間柄《あいだがら》というのはそんな社交辞令で成り立っている程度のものだった。

仕事の相棒という意味ではお互い特別な存在ではあるが、プライベートな面では友人というよりむしろ知り合い程度のつきあいでしかない。

話をするときにはいつも陽気で愛想がいいが、人づきあいの巧《たく》みな君島は誰に対してもそんな調子なのだ。

結局、僕など友人知人リストの末尾に申し訳程度に加えてもらっているだけなんだなと、卑《ひ》屈《くつ》な気分になることもよくあったが、それを顔に出したりは絶対にしなかった。

僕にとっても君島はあくまで仕事上のパートナーにすぎない、そんな取り澄ました態度をとってみせる。……我ながらなんでこう虚勢ばかり張っているのかと思うけど。

『荷物、片づいたか？』

「うん、だいたいね」

『住み心地はどうだ』

「すごい快適だよ。空気もいいし、広いし。さすがに田舎《いなか》の一戸建《いっこだて》はいいよ」

いや、ホントに見栄っぱり。こんな廃屋《はいおく》寸前の田舎家なんて、一晩で嫌気がさしているというのに。厚かましい隣人はいるし。

『しかし大須賀が急に一人で書いてみたいなんて言い出したときにはびっくりしたよ。そんなこと考えてたなんて思いもよらなかったし』

そうかな、などと笑ってみせはしたが、僕だってそんなことは思いもよらなかったのだ。その思いもよらないことを勢い任せに口走るハメになったのは、いったい誰のせいだと思ってるんだ。

『おまけにじっくり構想を練るために田舎に引っ越しまでするって意気込みようなんだから、驚くよなぁ。どうだ、大傑作《だっけっさく》は書けそうか？』

「まだ昨日引っ越したばかりだよ。これからじっくり考えるさ」

『そうだな。まあこの機会に俺も大須賀を見習って個人活動を考えてみるかな』

……何が「見習って」だよ、そらぞらしい。

内心むっとしながらも「お互い頑張ろう」などと調子のいいことを言っている僕はさらにそらぞらしいけど。

『まあ、ワンプラの仕事も、引き受けてる分は頑張らないとな。そうそう、和泉社《いずみしゃ》の短篇のプロット、もうすぐあがりそうだから、近々新居《しんきょ》を拝見しがてら、届けにいくよ』

「楽しみにしてる」

更《さら》にそらぞらしく笑ってみせながら、その実わざわざ来なくてもメールでいいのにと思ってしまう。このあばら家を見られたら、どんな陰口を叩かれるか知れたもんじゃない。

電話を切ると、どっと疲労感がこみあげてきた。

深いため息をつきながら、のびきったカップ麺を流しに片付けていると、今度は玄関の呼び鈴が鳴りだした。

「こんばんはーっ！」

突き抜けるような声は、川嶋大志のものだった。

「……もうお仕事終わりですか？」

芸能人、それも大志クラスの人気者ともなれば、寝る時間もないほどの忙しさだろうに、よくもこう頻繁《ひんぱん》に出現するヒマがあるもんだ。

「うん、ドラマのロケだったんですけど、相手役が遅れに遅れて、結局お流れ。待ち時間に文庫本二冊も読めて大ラッキーでした」

……どこまでも能天気な男だ。

「あ、もしかして出掛けるところでした？」

「いや、別に」

「なんだ。やけにぱりっとしてるから、デートかなんかかと思っちゃった」

別段ぱりっとしてるわけじゃない。糊《のり》のきいたシャツもプレスしたチノパンもあたりまえの普段着だ。基本的に家にいるときでもだらしない格好はしたくない。前二回、大志に見られた不覚な姿の方が、僕にとっては非日常なのだ。

「こんなでよかったですか」

僕は玄関の飾り棚に置いておいた本と色紙を大志に差し出した。

「うわぁ、ありがとうございます。大事にします」

大志は遊び紙の部分を開いて、心底嬉しそうな顔をした。

さすがに愛想商売だ。

サインをねだったのが社交辞令だということは、奥付《おくづけ》をみればすぐにわかった。初版が聞いて呆《あき》れる。今年になって発行された十二刷なのだ。

「お願いばっかりですみませんけど、ぜひリサイクルリレーの方もお願いしますね」

またそれか。

「悪いけど、僕はちょっと……」

「えー、そんなこと言わずに一緒にやりましょうよ。絶対楽しいですよ」

しつこいなぁ。ガキじゃあるまいし、なんだよその「えー」っていうのは。

こういう無神経な手合いには、曖昧《あいまい》にお茶を濁《にご》すという態度は通用しないのだろう。

「あんまり好きじゃないんです、そういうムダな人づきあい」

きっぱりと言ってやった。もうこの際、嫌な奴《やつ》と思われたって構うものか。やけくそのきまぐれでこんなところに引っ越してきてしまったが、長居をするつもりはない。またさっさとどこかに引っ越してやる。

しかし相手の無神経さはこっちの予測を上回っていた。

「ムダなんてこと、ないですよ、ご近所づきあいは楽しいもんです」

しゃあしゃあと言ってよこす。

「……近所づきあいが好きなアイドルなんて、聞いたこともない」

呆れて独《ひと》りごちると、大志はぱっときれいな歯並みをみせて笑った。

「好きも嫌いも、生まれ育った街だから。仲間とワイワイやるのは、生活のあたりまえな一部です」

羨《うらや》ましい話だ。僕は生まれ育った街になど戻りたくもない。ことさら不幸だったわけでも、辛いことがあったわけでもないが、慢性的にただひたすらにぱっとしなかった子供時代のことを思い出すと、もやもやといやな気分になる。

「とにかく、僕は参加するつもりはありません。あれこれ干渉《かんしょう》しあうのも好きじゃない。放っておいてください」

「まあそう言わないで」

「悪いけど、仕事がたて込んでて忙しいんです」

普段、ここまでギスギスした言い方をすることはないのだが、相手のしつこさと馴々《なれなれ》しさにすっかりイラついていた。

いかにも忙しげに言い捨ててガンガンと後ろに下がりかけたとき、うっかり例の危険ゾーンを力任せに踏み抜いてしまった。

「わーっ」

板の割れる不穏な音とともに、足が床に沈《しず》み込《こ》んだ。

いっそコメディドラマみたいに、ズボッと下まで踏み抜いてしまえたらよかったのだが、床板は中途半端に割れて、足首が挟み込まれてしまった。

慌てて引き抜こうとすると、ささくれた割れ目が足に食い込んできた。

「イタタ……」

「動かさないで」

電光石火《でんこうせっか》の素早さであがり込んできた大志に、膝の後ろをつかまれた。

「じっとしてて」

床板の隙間に手を割り込ませて、割れ目を下に押し広げていく。

「ちょっと下に踏み込んでみて」

指示されるまま、ぐっと足に力を入れた。大志はその隙間に更に腕をねじ込んだ。

「オッケー。そのまま引き上げてください」

そろそろと足を抜くと、今度はスムーズに外れた。

「あ…ありがとう」

ズボンと靴下の隙間から露出《ろしゅつ》した皮膚がすれて、血がにじんでいる。まったくとんだ災難だ。

大志は自分の足で板を押さえて、無造作に腕を引き抜いた。

「危ないですよ、これ。早く直さないと」

「うん、そう――うわっ！」

思わず絶叫してしまった。

大志の手の甲、血がしたたっている。

「きみ、手、手、」

「え？　ああ、ちょっとすりむいたみたいですね」

軽く言って、ブンブンと手首を振る。

「バカ、やめろ！　ちょっとじゃない！」

僕は慌てて相手の腕を押さえ付けた。甲がすっぱりと裂けて、血が溢《あふ》れだしている。

僕の脛《すね》のすり傷なんて問題外の大怪我だ。

「たいしたことないですよ」

「たいしたことあるよ！　手、上にあげて」

「平気ですって。こんなの舐《な》めときゃ治るよ」

「治るわけないだろ！　とにかく病院、救急車！」

「大げさな人だな」

話している間にも一筋の血が手首の方へ伝って、シャツの袖口《そでぐち》に鮮烈なしみをつける。その視覚的なショックに思わず足元がフラついた。

「ちょっと大丈夫ですか？　人殺しの小説なんか書いてるくせに、繊細《せんさい》な人だな。一夜さんこそ救急車を呼んだほうがよくない？」

「ふざけてる場合じゃない！　とにかく救急車を……」

「ふざけてるのはそっちでしょ。こんなんで救急車呼んだら笑い者ですって」

「じゃ、タクシーを……」

「歩いていった方が近いです。すぐそこに知り合いの医者がいるから、ちょっと寄って帰ります」

「待って、僕も一緒に行くから」

「平気ですよ」

「平気じゃないよ」

僕は動転しながら大慌てで部屋からタオルをとってきて、大志の右手に巻き付けた。

それからポケットに財布をねじ込む。

「別にいいのに。あ、でも一緒に来てくれるなら、本と色紙を持ってもらえると嬉しいな。血で汚したりすると困るから」

こっちの心配をよそに、大志は飄々《ひょうひょう》と落ち着き払ってそんなのどかなことを言っている。間遠《まどお》な外灯《がいとう》の下、夜の田んぼは黒くぬめぬめと光って不気味な感じだった。人気《ひとけ》のない静かな道を並んで歩く間にも、出血多量でどうにかなってしまうのではないかと気が気ではない。

「このへん、のどかでいいでしょ？　住むにはホントいいとこですよ」

そんな悠長《ゆうちょう》なこと言ってる場合じゃないよ。

「その知り合いの先生ってこんな時間でも診察してくれるの？　やっぱり救急指定の病院に行ったほうがいいんじゃないかな」

「大丈夫。産婦人科だから、二十四時間営業です」

「産婦人科!?」

「あ、田舎の医者は何でも診《み》てくれちゃうんです。一夜さんも何かあったら駆け込むといいよ。ほら、ここ」

すぐそこと言っていたとおり、僕の家から歩いて数分で「高倉《たかくら》産婦人科」という看板が見えてきた。

煉瓦《れんが》に蔦《つた》が絡んだ古い建物は、闇の中でどこかおばけ屋敷じみて見えた。昔読んだ恐怖マンガに、よくこんな病院が出てきたっけ。

僕の不謹慎《ふきんしん》な想像をよそに、大志は物慣れた様子で通用門をくぐり、すりガラスの玄関扉をガラリと開けた。

こんな時間だというのに、意外にも待合室には賑《にぎ》やかにテレビが流れ、三人ばかり人がいた。とはいえどう見ても診察を待っている患者という感じではない。一人は診察科目とは無関係としか思えない十五、六の少年だし、二十歳前後と、二十代半ばくらいの女の子二人も妊婦《にんぷ》には見えない。

「あら、いきなり本人登場」

サラサラの黒髪の女の子が言うと、もう一方の茶髪《チャパツ》のきつい顔立ちの若いほうの女の子が色めき立ってぱっと立ち上がった。

少年がにこにこ笑って声をかけてきた。

「図ったようなタイミングだね、タイちゃん」

どうやら全員知り合いらしい。

テレビでは紅茶のCMが流れていた。

大志がロケバスの中で、幕《まく》の内《うち》弁当を食べながらペットボトルの紅茶を飲んでいる。どんな食べ物にも合うというのがウリの無糖のストレートティーで、このほかに和菓子バージョンと中華料理店バージョンを見たことがある。

どれもただひたすらに大志が飲み食いしているだけで、台詞《セリフ》もナレーションも皆無なのだが、その食べっぷり飲みっぷりがやけに楽しげでそそられる。和菓子バージョンなど、菓子器に並んだ黄身《きみ》しぐれを黙々と六つも食うのだ。

同じCMが立て続けにもう一度流れ始める。

「タイちゃん、パス」

少年が受付にあった懐中電灯を放り投げた。

「しょうがねぇな」

大志はそれを左手で受け取ると、マイクのように構えて、自らのCMソングをテレビに合わせて歌い出した。

大仰なファルセットに、少年と黒髪の女の子が大受けして笑い転げ、茶髪の女の子は立ったまま陶然と聴き入っている。

「ふざけてる場合じゃないだろ！」

思わず一喝《いっかつ》すると、一瞬場が凍り付いた。

「この人だれ？」

少年が単純明快な質問を繰り出した。

「いい質問だ、椿《つばき》」

大志は懐中電灯の灯《あか》りをスポットライトのように僕に向けた。

「聞いて驚けよ、椿。このお方はな、おそれ多くも前《さき》の副将軍——」

「いい加減にしろよ」

思わず色紙でぼこっと頭を叩いてしまってから、ハッと我に返った。本来僕は、親しくもない人間にむやみとこんな突っ込みをいれるタイプではないのだ。というより懇意《こんい》な相手とでも、こんな乱暴なやりとりはしない。

だいたい、こいつが悪いのだ。こっちは怪我の具合が気になってオロオロしてるっていうのに、人の心配をよそにガキみたいにふざけてばっかりで。この男と一緒にいると、どうも調子が狂う。

「大志さん、その手、どうしたんですか⁉」

茶髪の女の子が、ようやくタオルからしみ出た血に気付いて、悲鳴まがいの声をあげた。

「これまたいい質問だね、里香《りか》ちゃん。実は今そこの田んぼでアナコンダに襲われちゃってさー」

……いい加減にしやがれ。

「ぎゃー血だ！　タイちゃん傷口みせてみせてーっ」

椿と呼ばれた少年が、大志の腕に取りついた。

「嬉しそうな顔するなよ、このスプラッタ小僧《こぞう》」

「オレが縫《ぬ》ってやるよ」

「ハイハイ。医師免許とったあかつきには是非《ぜひ》頼む。で、親父いる？」

「ホントにマジで、オレすげーうまいよ？　この前、理科の時間に解剖《かいぼう》したカエルのハラ、オレが縫い合わせたんだよ。そしたら生き返っちゃって、スイスイ泳いでんの。先生もさすが医者の息子だって言ったよ」

「ほほー、そりゃすごい。それで親父は？」

「なんだよ。オレが後妻《ごさい》の子だからってバカにしやがって」

不穏な発言を大志はからから笑い飛ばした。

「甘いな、小僧。オレなんか不義密通《ふぎみっつう》の子だぜ？」

いったいこの二人はどういう関係なんだ、と呆気にとられていると、不意に奥の扉が開いた。

五十代半ばと思われる、気難しそうな男の人が顔を出した。

「静かにしなさい。今日は入院患者もいるんだぞ」

どうやら、この病院の院長らしい。大志の姿を認めると、眉間《みけん》に深い皺が寄った。

「こんな時間に何の用だ」

「うん、ちょっとそこの田んぼでアナコン――」

「すみません、うちの玄関の床板が抜けて、怪我をさせてしまったんです」

またくだらないことを言いだす前に、僕は大志の言葉を遮《さえぎ》って言った。

「縫って」

まるで繕《つくろ》いものでも頼むように大志が傷口を突き出すと、医師は眉をひそめ、無言で診察室の方に顎《あご》をしゃくった。

大志は僕らの方を振り向いて、いたずらっぽく舌を出してみせたあと、診察室に入っていった。

怪我の心配なんかしただけ損した。

あんな騒々しい男、逆《さか》さ吊《つ》りにして血抜きした方がいい。

大志が診察室に消えると、三人の視線が一斉《いっせい》に僕に集まった。

「座りませんか？」

黒髪の女の子が、微笑みながらソファを手で示した。

「タイちゃんから、色々お話聞いてます。ワンプラスワンの大須賀一夜さんがお隣に越してきたんだって、すごく嬉しそうに言ってたんですよ」

昨日の今日で、口の早い男だ。

「あ、私、タイちゃんのイトコで、吉野多佳子《よしのたかこ》っていいます。この近くで喫茶店をやっているんです。今度ぜひ寄ってくださいね」

さすが客商売の人あたりのよさ。それに引き替え、椿少年はいかにも子供らしい好奇心で不躾《ぶしつけ》にこっちを眺《なが》めているし、里香ちゃんというキツそうな女の子はなんとはなしに不穏な目付き……。

「こちらは新井《あらい》里香ちゃん。うちで働いてくれてるんです」

「正体はタイちゃんのキョーレツなおっかけで、東京からここに移り住んじゃったんだぜ」

横から椿くんが口を挟む。里香ちゃんがキッと椿くんをねめつけた。

「余計なこと言わないの」

またも多佳子さんが割って入った。

「あ、椿ちゃんはタイちゃんの弟なんですよ」

つまりここは大志の実家というわけか。

「川嶋って芸名だったんですね」

「本名だよ。っていうか、父さんの前の奥さんの旧姓」

嬉々《きき》として椿くんが教えてくれる。

「タイちゃんは亡くなった前の奥さんの子供なんだけど、お父さんとも血がつながってないんだよ」

「……連れ子ってこと？」

「ううん。前の奥さんがフギミッツーして生んだんだって」

「ちょっと椿ちゃん、そんな話をよその人にぺらぺらするもんじゃないわよ」

多佳子さんがたしなめる。

「オレが話さなくたって、このあたりじゃ有名な話じゃんか。あのね、一夜さん、タイちゃんって今はあんなふうだけど、高校の時はすっげー不良でおっかなくて、髪の毛こーんな色にしてたんだぜ」

椿くんは笑いながら真鍮《しんちゅう》の置物をぺたぺた叩いた。

「椿ちゃんってば」

「いいじゃん、別に。だって一夜さんはタイちゃんの好きな人でしょ？」

里香ちゃんがキッと突きさきさるような視線を寄越《よこ》す。……なんで睨《にら》むんだよ。

「省略したら全然ニュアンスが違っちゃうでしょ。正確にはタイちゃんの好きな小説を書いている人、よ。あ、大須賀さん、コーヒーでいいですか」

「いや、お構いなく」

僕の言葉などお構いなしに、多佳子さんはポットからコーヒーを注《つ》いでくれる。

「時々、ここにテレビ見せてもらいに来るんです。ここスカパーも観れるから、夜みんなで集まって、真っ暗にしてホラー映画観たり」

多佳子さんのさらさらと心地好《よ》い口調と、椿くんのミニ大志って感じのおしゃべりを聞いているうちに、大志が待合室から出てきた。

「大丈夫ですか、大志さん」

今までコワい顔をして黙りこくっていた里香ちゃんが、いそいそと大志の方へ寄っていった。

「平気平気。四針縫っただけだから」

だけってカンタンに言うけど、縫うほどの怪我って僕にしてみればすごいことだ。

「あ、治療費は僕が払います」

あとから出てきたお父さんに声をかけると、無表情な一瞥《いちべつ》を返された。

「結構です」

いや、確かに身内の治療に第三者の僕が治療費を払うっていうのも変な話かもしれないけど。

「椿ちゃん、ここにいるの？」

再び奥の扉が開いた。

顔を出したのは、多分椿くんのお母さん。お父さんとは一回り以上年が違いそうだった。

大志の姿を見ると、表情が曇《くも》った。

「なにかあったの？」

「うん、タイちゃんが怪我したんだ」

椿くんが答えると、お母さんは眉をひそめた。

「怪我？」

「ちょっと切っただけだよ。今、縫ってもらったから、もう大丈夫」

「……まったく、人騒がせな放蕩《ほうとう》息子が」

投げ出すように言って、お父さんはさっさと奥に入っていってしまった。

何とはなしに気まずい空気が流れ始める。

「あ、それじゃ私たちはこれで」

多佳子さんが里香ちゃんを促《うなが》し、僕の方にもめくばせをよこした。

「僕も失礼します」

ぼそぼそ言って、二人と一緒に出ようとすると、大志に呼び止められた。

「方向同じだから、送りますよ」

そうか、大志はここに一緒に住んでるわけじゃないのだ。……しかし送るってなんだよ。女の子じゃあるまいし。

「オレも行く行くー!! タイちゃん、この間のＤＶＤの続きみせて」

「だめよ、椿！」

神経質な声が呼び止めた。

自分の声音のきつさに戸惑《とまど》ったように、お母さんは口調を和《やわ》らげた。

「大志さんはお仕事でお疲れなうえ、怪我までしてるのよ。こんな時間にお邪魔したらご迷惑でしょう」

「平気ですよ。一時間くらいで、オレが送り届けますから」

「ラッキー」

「椿、高校受験までもう一年もないのよ。遊んでる場合じゃないでしょ」

執拗《しつよう》に引き止めるお母さんの声に、ああそうかと思った。要するに、この人は自分の息子を大志に近付けたくないのだ。

「そうだよ、考えてみりゃおまえ受験生じゃないか。しっかり勉強しなきゃダメだぞ」

「ちぇっ。高校中退のタイちゃんに言われたくないよ」

「椿！」

お母さんの神経質な叱責《しっせき》を聞きながら、僕たちは待合室を出た。

3

朝は心底苦手だ。大学を卒業してからこっち、七時前に起きたことなど数えるほどしかなかった。

ふらふらしながら洗面所に向かい、古めかしい流しで顔を洗った。

五月の晴れやかな朝日も、キチキチいう鳥のさえずりも、すべてが暴力的に感じられる。

鏡の中の顔は生彩《せいさい》がなく、いかにも不機嫌そうだった。

右足には、床板を踏み抜いたときの擦《す》り傷《きず》がちゃんとかさぶたになって残っていた。

ということは、あれこれの果てに厄介《やっかい》ごとを背負《しょ》いこんでしまったのは、夢ではなくて現実だったというわけだ。

あのあと帰り道で、抜糸《ばっし》が済むまで毎朝大志《たいし》の食事と身支度《みじたく》の手伝いに行く約束をしてしまったのだ。

夜というのはどうも危険だ。昼間の何倍も的《まと》はずれな感傷に陥《おちい》りやすい。

『お義母《かあ》さんには相当嫌われてるねぇ、オレ』

夜道を歩きながら、大志はのどかに言った。

『でも、ほら、椿《つばき》くんは受験生みたいだし』

役にも立たないフォローをいれると、

『一夜《いちや》さんはやさしいね』

茶化すように笑われた。

『まあでも、嫌われる原因は全面的にこっちにあるからなぁ。先妻が不貞《ふてい》の果てに生んだ子で、しかも元ヤンキーのゲーノージンなんていったら、わが子に近付けたくないって思うのは正しいよ。しかもオレは椿のこと好きだから、そう思われてるのわかってても平気で近付いて、嫌がられてるという……』

僕はなんだか泣きたくなった。

多分、こっちが思うほどには大志は辛《つら》くは感じていないんじゃないかと思う。少なくとも弟とはうまくいっているようだし、大志の方は別に両親に何の悪感情も抱《いだ》いていないように見えたし。

ただ、そんなところだけ作家体質で感情移入過多の僕は、耳にした話から無意識のうちに想像を膨《ふく》らませて、なんだか悲しくなってしまった。

『手、まだ痛い?』

『いや、もう全然。でも抜糸するまで濡《ぬ》らすな動かすなって、うるさいこと言われちゃった』

それじゃ、日常生活があれこれ不便に違いない。身内がそばに住んでいれば、普通だったら色々世話を焼きそうなものだが、家の事情を考えると、それもどうなのかなと思う。

『抜糸までどれくらいかかるの？』

『一週間だって』

『……なにか不自由なことがあったら、手伝いに行こうか？』

社交辞令の通じない相手に、あんな余計なことを言うんじゃなかった。

『ホント？　わーい。じゃ、明日の朝八時に待ってるね』

嬉々として時間まで決められて、後悔したがあとの祭りだった。

浮かない気分だったが、約束したからには行かなくてはならない。僕は身支度をきっちりと整え、玄関の危険地帯を椅子でガードしてから表に出た。

田んぼと住宅地とファミレスが並びたつ、全国に無数に同じ景色がありそうな無個性な通りを、小学生たちがまばらに登校していく。校章のついた黄色い通学帽。ランドセルからぶらさがった巾着型《きんちゃくがた》の給食袋。

久しく早起きをしたことがなかった僕には、物珍しくも懐《なつ》かしい早朝の風景だった。

大志の住まいは、本人の説明通り僕の家からほんの数分の距離だった。

自動車メーカーの古い社宅を改装したアパートだと聞いていたが、人気俳優の住処《すみか》とは思えない物件だった。我が家といい勝負という感じ。

大志の部屋は最上階の五階だったが、ボロアパートにはエレベーターがなかった。ジグザグの階段を五階までのぼりきったときには、額から汗が吹き出し、膝ががくがくした。しばし呼吸を整えてから、縁《ふち》の欠けたインターホンを押した。

すぐにドアが開いた。

「あ、おはようございまーす」

陽気な顔に全開の笑み。

朝からテンションの高いヤツ……。

「怪我の具合、大丈夫？」

礼儀上、一応訊《たず》ねておく。

「うん。一夜さんのきれいな顔見たら、痛いのも治まった」

嫌味な男だ。顔で金が稼《かせ》げるゲーノージンに、嘘くさいお世辞など言われたくない。

大志はTシャツにショートパンツという真夏のような格好で、濡れた髪からぽたぽた雫《しずく》をたらしていた。ボディソープだかシャンプーだかのいい匂《にお》いがする。

「シャワー、平気だった？」

一人でシャンプーできるくらいなら、別に僕が手伝うことなどなにもない。うまくするとこのまま帰れるかもしれない。

「うん。濡らさないように右手にビニール袋被《かぶ》せて。でも片手だとドライヤーが使いづらいから困ってたところなんだ。あ、散らかってるけど、どうぞ」

……がっかり。

仕方なく靴《くつ》を脱いだ。

どうやら元々あった仕切りの壁を取り払ってしまったらしく、部屋は思ったより広いワンルームになっている。

しかし謙遜《けんそん》でなしに、ホントに散らかり放題だ。

カーテンレールは洋服掛けになってるし、壁ぎわは靴の箱が山をなしている。本棚《ほんだな》に入り切らない本や雑誌やＣＤは、床の上にあやういバランスで積み上げられていた。

服や靴はともかく、本の数が多いのはちょっと驚いた。

ワンプラの四冊は、床ではなくてきちんと本棚に収められていた。

乱雑な部屋の中で、いかにも芸能人らしいなと思ったのは、全身を映《うつ》す大きな鏡があること。男の一人暮らしで、こんなでかい鏡を持ってる奴なんて普通いないと思う。

その鏡の前で、僕はさっそく大志の髪にドライヤーをあてた。

「人の髪なんていじったことないから、適当だけど」

「あ、乾かすだけ乾かしてもらえれば平気です。どうせヘアメイクさんにごてごていじりまわされるから」

大志は椅子に身体をあずけて、気持ちよさそうに目を閉じた。

なんだか不思議な感覚だった。毎日毎日必ず一度はテレビで目にするあの芸能人と同じ鏡の中に収まって、髪の毛をいじってるなんて。

気が付くと、鏡の中の大志をじっと観察していた。

洗い晒《ざら》しのTシャツでうたた寝をしている、隙だらけのプライベートな姿さえ、思わず見惚《みと》れるような男だった。ただのチャラい若造のようでいて、やっぱりどこか一般人とは違う。乱雑な部屋さえどこかスタイリッシュで、散らかっているなとは思うが、不潔な感じはまったくしない。

大志がぱかっと目を開けた。

「一夜さんの部屋はきっとすごいきれいだろうね」

僕の思考を読んだようなタイミングで言う。

「どうかな。……まだ引っ越し荷物が整理しきれずに積んであるけど」

「でもなんかきれい好きって感じがする。いつもすごくぱりっとしてるじゃん、身なりも喋《しゃべ》り方《かた》も態度も。オレも見習わなくちゃ」

考えていたことの裏側を指摘されたようで、内心ちょっとイヤな気分だった。

ナチュラルなままでも、大志や君島《きみしま》のような男は十分にかっこいいし、逆に僕みたいな手合いは、隅々まで気を配っても妙にかしこまっている印象ばかり強まって、どこか垢抜《あかぬ》けない。

「マネージャーさんは九時に迎えに来るんだっけ？」

僕は話題を変えて、昨夜帰りぎわに聞いた予定を確認した。

「うん。車で拾ってもらって、昨日のロケのやり直しと、雑誌の取材が二本」

鼻歌混じりに楽しげに言う。

「……仕事、面白《おもしろ》い？」

大志があまりにはつらつとしているので、ついそんなことを聞いてみてしまった。

「それはもちろん。好きでやってることだしね。一夜さんもそうでしょ。小説書くのって面白そうだよね。一夜さんみたいに才能生かして好きなことできるって、この世で一番すごいことだと思うな」

「…………」

才能があるとは思えないし、好きなこととも思えないんだけど。

「今はどんな話書いてるの？」

「さあ」

「あ、なんだよ企業秘密？」

「いや。プロット練るのは君島だから、実は僕もまだ知らない」

「そうか。そういえばインタビューでも分業制って言ってたよね。でも全然別々の場所に住んで仕事してるなんて、やりにくくない？」

僕は無理矢理笑ってみせた。

「お互い書くときは自分の世界に没頭《ぼっとう》しちゃうから、別々の方が集中できるんだ。それに四六《しろく》時中《じちゅう》一緒にいたら飽《あ》きちゃうよ」

「そうかなぁ。オレは類《るい》と…あ、類って前にコンビ組んでた相方なんだけど、デビューしてしばらくは事務所のマンションでそいつと二人で住んでたんですよ。仕事もプライベートも、ずっと一緒だったけど、全然飽きたりしなかったよ。すごく楽しかったな」

「それはよっぽど相性がよかったんだよ」

「それじゃまるで一夜さんたちは相性悪いみたいじゃないか」

「…………」

大志の髪はほぼ乾いていた。話題をなんとか仕事のことから逸《そ》らしたくて、僕はキッチンと思われる方に顎《あご》をしゃくった。

「朝はいつも何食べるの？　簡単なものなら作れるけど」

「わーい、と言いたいのは山々なんだけど、材料が全然ないんだ。最近、うちでメシ食ったことないから」

大志は立ち上がって、ベッドの上のジーンズに手をのばした。

「というわけで、ちょろっと食べに行きましょう」

「じゃ、僕はこれで」

外で食べるなら、何も僕がつきあう義理はない。ところが大志は「えー」とまた例の子供じみた駄々をこねはじめた。

「つきあってよ。一人でメシ食うのって一番キライなんです」

相手のわがままに呆《あき》れながらも、少し羨《うらや》ましい気分になった。

わがままを押し通せるのは自分に自信のある証拠だ。僕には到底できないこと。


強引に連れていかれたのは、大志のアパートのすぐ南側のマンション一階のテナントだった。嫌味でない程度に少女趣味な、小さな喫茶店だった。懐かしいような色合いに塗《ぬ》られた椅子の上に、モーニングのメニューを記した小さな看板が立て掛けられている。

大志は《YOSHINO》という看板を指差して、多佳子《たかこ》さんのお店だと教えてくれた。

店の中には二組の客がまばらに座っていた。

仏頂面《ぶっちょうづら》がトレードマークらしい里香《りか》ちゃんがトレーを片手に近付いてきた。

「おはようございます」

大志に丁寧なあいさつをしたあと、なんでおまえまで一緒なんだと言いたげな目で、ちらりとこっちをねめつける。睨《にら》まれる筋合いなんてないんだけど。

「大志さん、いつものでいいですか?」

「うん」

「そちらは？」

「あ、僕も同じもので」

メニューなど全然見てもいなかったので、適当な返事をした。

「ケーキセット二つですね」

復唱してカウンターに戻っていく。僕はグラスの水を噴き出しそうになった。

「ケーキ⁉　きみ、いつも朝からそんなもの食べるの？」

「おいしいんですよ、ここのモーニングケーキセット」

ふざけたメニューだと呆れ返っているうちに、多佳子さんがオーダー品ののったトレーを持って近付いてきた。

「おはようございます。大須賀《おおすが》さん、さっそく来てくださって嬉しいです」

里香ちゃんとはうってかわって、愛想《あいそ》よく笑いかけてくれる。

「そんなデスマス調のオバハンみたいな話し方やめようよ。多佳ちゃん、一夜さんと同い年だろ？」

「オバハンってなによ。失礼ね。タイちゃんの大好きな小説家の先生だから、私もお行儀よくしてるんじゃないの」

「センセイなんてやめてくださいよ」

僕は当惑《とうわく》して手を振った。

「それじゃ、私も一夜さんって呼ばせてもらっていいですか？」

「どうぞどうぞ」

調子よく返事をしたのは、僕ではなくて大志。

「……なんできみが答えるんだよ」

「いいじゃん、他人ってわけじゃあるまいし」

「他人だよっ、まったくただの！」

息巻く僕に、多佳子さんがクスクス笑い、カウンターからは里香ちゃんが根の暗そうな一瞥《いちべつ》をよこした。

「あ、ごめんなさい、余計なおしゃべりしちゃって。どうぞ召し上がってくださいね」

目の前に置かれたメニューは、想像していたようなケーキセットとは違っていた。南欧《なんおう》っぽい大きな皿に、ベーコンの入ったスクランブルエッグと、サラダ、それに焼きっぱなしのスポンジケーキが横倒しに無造作に盛り付けられている。

スポンジの上にはざく切りの苺《いちご》とバナナが散らされ、ゆるいクリームがかかっていた。

食べてみると、クリームに見えたのは無糖《むとう》のヨーグルトだった。冷たいヨーグルトと苺の酸《さん》味《み》がさっぱりとして、生クリームを使った普通のケーキとは全然違う。

一般的なケーキよりも黄色味の強いスポンジは、卵のやさしい味がした。

「どう？」

大志が興味津々《しんしん》の顔で訊ねてくる。

「おいしい。このスポンジ、陽に当たった日本猫の毛並みみたいな感触」

感じたままを口にすると、二人はぴたりと動作を止めて僕を凝視《ぎょうし》した。

「あ…ごめん」

僕は慌てて謝った。食べ物の食感を動物の感触にたとえるなんて、行儀悪くて失礼だ。

「すごいわ、一夜さん。小説書く人の感性ってやっぱり全然違うのね」

一瞬、馬鹿にされているのかと思ったが、

「日本猫の毛並みか。まさにそんな感じだよな」

大志までもがしきりと感心しはじめる。リアクションに困って、僕は話題を元に戻した。

「これ自家製ですか？」

「ええ。母から習ったレシピなの」

「料理だけじゃなく、この店って手作りのもの多いよね。これも多佳ちゃんの手作りだし」

大志がテーブルクロスの裾《すそ》を摘《つま》んだ。

クリーム色のクロスは、縁をぐるりと赤一色の刺繍《ししゅう》が取り巻いている。窓のカフェカーテンも多佳子さんや里香ちゃんがしているエプロンも、全部お揃《そろ》いだった。

「この椅子とか、表の看板も、全部多佳ちゃんがペイントしてるんだよ」

「すごい特技」

「とんでもない」

多佳子さんは照れたように笑いながら、顔の前で手を振った。

「ただの趣味なの。タイちゃんや一夜さんみたいに飛び抜けた才能持った人からそんなこと言われたら、恥ずかしくなっちゃうわ」

「でも実益を兼ねた趣味なんだから、自慢できると思うけど」

「そりゃ、ケーキやお料理はそうだけど、例えばこんなテーブルクロスの刺繍なんて、あってもなくてもどうでもいいものだもん。むしろこんな少女趣味にしない方が、男性のお客さんは入りやすいんじゃないかと思うの」

そう言われればそうかもしれないけど。

「でも、私はこういう可愛《かわい》いの好きだから、ついついあれこれやってみちゃうの。こんな役にも立たないことに労力費やして、バカみたいって思うけど」

「役に立たないって言ったら、俳優や作家だって、いてもいなくてもどうでもいいような職業ですよ。生活必需品じゃないし。でも、僕はそういう、あってもなくてもいいけど、あると生活が潤《うるお》うものって、いいなって思う」

余計なこと言っちゃったかなと思ったけれど、

「ホントに一夜さんって作家さんだなぁ。言葉の魔術師」

大仰なことを言って、多佳子さんは嬉しそうに笑ってくれた。

ふいと、会計をすませた女子高生の二人連れがテーブルに寄ってきた。

「川嶋《かわしま》さん、先週の土曜ドラマ、すっごいかっこよかったです」

「CMで流れてるあの新曲も、めちゃめちゃ好きなんですよー」

大志がこの店によく来ることを知っている、顔馴染みのファンという感じだった。

大志はサラダを頬張りながら「サンキュー」と愛想よくフォークを振った。

「あのぉ、友達にサイン頼まれてるんですけど、今いいですか?」

カウンターから里香ちゃんが嚙み付きそうな顔でこっちを見ている。

多佳子さんがやんわりと二人に微笑《ほほえ》みかけた。

「お食事中だから、あまり邪魔しないであげてね」

「平気だよ、多佳ちゃん」

大志はすぐにペンを受け取り、手渡されたCDのジャケットに慣れた仕草でサインを入れた。

「ありがとうございますぅ。今日はオフなんですか?」

「いや、これから仕事。きみたちもガッコーにご出勤でしょ? 頑張ってね」

送り出すように手を振られて、女の子たちは大はしゃぎだった。それでも傍《はた》迷惑なほどに騒ぎ立てるようなことはせず、礼儀正しく一礼して店を出ていった。

「……なんか意外」

ぼそっと言うと、大志は首を傾《かし》げた。

「なにが？」

「アイドルのファンって、もっと熱狂的で傍若無人《ぼうじゃくぶじん》なものだと思ってたけど、なんていうか憧《あこが》れの上級生にサインをねだるみたいな、さらっとした感じなんだね」

多佳子さんがちょっと笑った。

「小さな町だから、かえってあまり無遠慮なことできないのよ」

「うーん、確かに類と東京に住んでた時は、結構ひどい目にあったりもしてたな。マンションを捜し当てられて待ち伏せされたり、髪の毛むしられたり」

ひゃー。

「自分の素性《すじょう》がわからないと、人間って結構すごい行動とるから。それにこっちがコソコソすると、追い掛けるほうもムキになったりしてね」

確かに、僕程度の知名度でさえ、どうやってか電話番号を調べて電話してくる女の子がいたりして困惑したことがあった。

「それがこの町に戻ってきてから、ぐっとラクになっちゃって。同じ町に住んでて、たびたび顔を合わせる相手だと、非常識なことする人も滅多《めった》にいないし、多佳ちゃんみたいに色々気を回してくれる人もいるから」

「身内ですもん、当然よ」

多佳子さんはふわふわ笑った。

どうしてこんな不便な町にアイドルが？　と思ったけれど、そう聞くと納得できるものがある。

辺鄙《へんぴ》な町にもそれなりの美点はあるらしい。

4

夜の田んぼからは、不気味なような滑稽《こっけい》なようなカエルの合唱が聞こえた。

コンビニで買った安物のウイスキーの小瓶《こびん》は、もう半分ほどに減っていた。

普段、アルコールはほとんど飲まない。飲みたいなと思うのは、いつも調子が悪い時だった。落ち着かない。とにかくなんだか落ち着かないのだ。エッセイ二本を仕上げて送ってしまうと、とたんに僕はどうしていいのかわからなくなった。

なりゆきとはいえ、一人の仕事をしてみたいと言い出したのは僕なのだ。言ったからには、君島《きみしま》に対しても自分自身に対しても、やらなくては示しがつかない。

けれど、ワンプラスワンではなく大須賀一夜《おおすがいちや》名義の原稿を引き受けてくれる出版社など見つかるとは思えなかった。

僕はあくまで君島の補助輪なのだ。補助輪なしでも自転車は支障なく走るが、補助輪の方はそれだけではただのがらくたで、何の使い道もない。

それでもとにかく何かしなくては、と、こうしてパソコンのディスプレイに向かってプロット捻《ひね》くりまわしてみたりはするのだが、もともとミステリなどごく一般の読者程度にしか読まない僕に、君島のような緻密《ちみつ》なプロットを作れるはずもない。

手持ちのアイデアが何一つないミステリ作家なんて、どう考えても素人《しろうと》以下だ。

……本当を言えば、書きためたものは段ボールに二箱くらいぎっしりあるのだ。高校生の頃から、思ったことや感じたことを一人でこそこそ書くのが好きだった。

けれどそれは、とても小説と呼べるようなものではなかった。日常ふと感じたことや、例えばある食べ物がどんなふうにおいしかったとか、薄着で外に出たときの寒さがどんなふうだったとか、そういうことを感じたままに書きとめた、純文崩《くず》れのエッセイみたいなものばかりだった。

補助輪としての役割を果たすためには、そんなネタもずいぶん役には立ったが、それはあくまで部品にすぎない。

パソコンの前に座ってあれこれ思案していると、こんなことをしている場合だろうかと、不安になってくる。

そもそも、僕にはミステリ作家としての才能など皆無なのだから、先々のことを考えれば、この際思い切って堅気《かたぎ》の勤め人になった方がいいのではないかと思える。お金にならない原稿をただ書いているだけでは、生活していけない。

それでついつい、新聞の折り込み広告の求人情報などを眺《なが》めてみたりするのだが、それはそれでまた「こんなことをやっていていいのか？」と不安をかきたてられる。

転職を考えるなんていうのも、そもそも逃避ではないだろうか。こんなチラシを見ているヒマがあるのなら、寸暇《すんか》を惜しんで小説のネタを考えるべきなんじゃないかと、落ち着かない気分になる。

そんな調子でもう何もかも、手につかない。

悠長にメシなんか食ってる場合か？　テレビなんか見てる場合か？　寝ていたりしていいのか？

何をしていても「こんなことをしている場合じゃない」という考えに取りつかれて、常に苛《いら》々《いら》と何かに追い立てられているような、追い詰められているような気分になった。

皮肉なことに、唯一《ゆいいつ》それを感じないで済むのは、大志《たいし》のところで過ごす時間だった。

大志に手を貸さなくてはいけないのは、なりゆきはどうあれ怪我をさせてしまった僕の義務なのだ。だから「こんなことをしていていいのか？」などという疑問がさし挟《はさ》まる余地はない。

朝の一時間ほどは、とにかくつきあわなくてはいけない。

初日に多佳子《たかこ》さんの店で朝食をおごってもらってしまったので、翌日からは食材を持参して出掛けた。

賞味期限が切れて久しいチーズやら、ひからびたキュウリやら、益体《やくたい》のないものが入った大志の冷蔵庫を整理して、卵やベーコンや牛乳で満たし、適当に朝食をこしらえた。

大志はなんでも喜んで食べたし、前日の疲れを引きずってか多少眠そうにしていることもあったが、とにかく元気でいつも楽しそうだった。

『これおいしいから、毎日作って』

『怪我が治っても、毎朝遊びに来てよ』

そんなふうに小さなわがままを気やすく口にする大志に、小憎《こにく》らしさと羨望《せんぼう》を覚えた。

たかがその程度の甘えでも、表に出せる人間と出せない人間がいる。同じ台詞《セリフ》を言っても、相手を喜ばせられる人間と嘲《あざけ》られる人間とがいる。

不遇《ふぐう》な生《お》い立《た》ちとは裏腹に、大志は自分が人から好かれることに絶対的な自信を持っているように見えた。

だから平気で甘えられるし、まれに僕のようにすげない態度をとる手合いが現れても、蚊《か》ほども痛く感じたりはしないのだろう。

僕はちょっとでも相手に不快そうにされたら、もうそれだけで自分の存在意義に不安を覚える。だから大志のように手放しに他人に甘えたり気を許したりなど絶対にしない。

……そして悔しいことに、大志がみせる親愛表現に対して、僕はかすかではあるけれどちょっとうずうずする満足感を覚えたりもするのだった。

大志はわがままを言うのが確かにうまい。『おいしいからもっと作って』『楽しいからもっと一緒にいて』などと自尊心をくすぐる甘え方をされたら、たいていの人間は悪い気はしないものだ。しかも相手はあの人気アイドルである。

反対に、人を見下《みくだ》したり侮《あなど》ったりするようなわがままを大志は決して言わなかった。

その点に関してだけは、僕は川嶋《かわしま》大志という男を認める気になっていた。

でも、だからといって、今後もあの能天気なゲーノージンとつきあっていこうなどという気はさらさらない。

だいたい、僕は今それどころじゃないのだ。寸暇を惜しんで原稿をでっちあげなくては。

……いや、それより就職先を探すべきでは？

……いやしかし、君島にあんなことを言ってしまった手前……。

でも先々のことを考えれば……。

そんなことを頭の中でぐるぐる考えながらも、結局何もせずにぐうたら酒なんか飲んでる自分を思うと、ますます焦《あせ》ってぐるぐるしてくる。

酔《よ》いもぐるぐる回り始めた頃、通りに車の止まる気配がした。

玄関の呼び鈴が鳴った。

「こんばんは～。夜分どうも」

大志の声だった。考えてみれば、引っ越してからこっち、呼び鈴を鳴らすのは郵便・宅配便の類《たぐい》か、大志に決まっている。

仕事帰りらしく、朝僕が大雑把《おおざっぱ》に乾かした髪は、念入りにセットされて、なんだか違う人みたいだった。

大志はひとりではなかった。

「どうせまだ床の修理してないんだろうと思ってさ。ちょろっと専門家つれてきたんだ。チューボーの時の同級生で、井出《いで》」

「こんばんはー」

短い髪を金色にした、威勢のいい男が入ってきた。

「あの……」

呆気《あっけ》にとられているうちに、井出くんは床板をめりめり剝《は》がし始《はじ》めた。

「ああ、こりゃ雨漏《あまも》りでここだけ傷《いた》んじゃったんだな」

天井《てんじょう》を見上げて言う。確かに天井は一部修理の形跡があった。

「土台はしっかりしてるから、ここの板だけ張り直せば済みますよ。あ、床の色がここだけ変わっちゃうけど、いいですか？」

「はあ……」

いいですかと言われても、僕の持ち家じゃないし……。

僕がぼんやりしている間にも、彼は板をめきめき剝がし、上がり框《がまち》で器用に鋸《のこぎり》を使い、二十分ほどであっという間に穴をふさいでしまった。

「すごい」

「でしょ？　井出っちは元ヤンキーなんだけど、今じゃ立派に更生《こうせい》してこの通り」

「ひとごとみたいに言うなよ、大志。おまえこそよくもそんなイイヒト面《づら》してアイドルなんかやってるよなぁ。マッちゃんとか萩《はぎ》とかも大受けしてたぜ」

「え、萩に会ったの？　あいつ今何してるんだよ」

幼なじみの二人は、僕の知らない話題で盛り上がってる。

しかし、近所で同級生が大工さんをやってたり、いとこが喫茶店をやってたり、っていうのが、なんだかこういう小さい町ならではだよなぁと思う。学生時代から七年間暮らしていた東京では、大工さんなんてどこにいるのか見当もつかなかったし。

そもそも、都内の住宅地でこんな時間にめりめりガンガンやったら、近所から苦情がきてたいへんなことになる。のどかな町だよなぁ。

喋《しゃべ》りながら、井出くんは手早くおがくずを掃《は》き出《だ》し、道具をひとまとめにした。

「じゃ、また」

「あ、修理代を……」

「いいですよ。たいしたことしてないから」

「そんなわけにはいきません」

「大志の友達から、金なんかとりませんよ」

「そんな……。じゃ、とりあえず、お茶いれますから」

「いやいや、もうこんな時間だし、失礼します。あ、また何かあったら言ってくださいね」

ぱっぱと荷物をまとめて出ていこうとするのを、大志が呼び止め、持っていた包みを一つ手渡した。

「これ、よかったら奥さんと食って。うなぎパイ」

「サンキュー。じゃ、またな」

……なんかいいよな、こういう気さくな友人づきあい。大志は誰に対しても腹が立つほど陽気で人当たりがいい。それも社交辞令という感じじゃなくて、ごくごく自然体なのだ。

「そそくさと帰りやがるよな。あいつ、新婚なんですよ」

大志は笑いながら、もう一つ下げていた包みをかかげてみせた。

「お土産《みやげ》。一品減っちゃったけど。ロケ先で買ったうなぎ弁当と地《じ》ビール。おいしいって評判らしいよ」

「……わざわざどうも」

「いえいえ。毎朝お世話になってるお礼です。……と言いながらあがり込んで一緒に食おうとするオレだった」

実況中継しながら、本当にあがってきやがった。

「あ、なんだ。すでに飲んでたのか」

大志はテーブルに弁当とビールの袋をおろしながら言った。

「しかも仕事中だった？　すみません、邪魔して」

「いや、別に大したことやってたわけじゃないから」

僕はパソコンの電源を落とした。

「やっぱりきれいにしてるなぁ」

感心したように部屋を見回して、大志は本棚《ほんだな》に寄っていった。

「あ、この本探してたやつ」

そういえば大志の部屋にもずいぶんたくさんの本があったっけ。

「本、好きなんだね」

「うん。移動とか待ちの時間は大抵なんか読んでる」

そうか。別に四六時中騒いでるだけのヤツでもないのか。なんだか意外。

「ねえ、これ借りてもいい？」

大志は文庫の棚からラッセル・ブラッドンの『ウィンブルドン』を抜き出した。

「どうぞ」

ぱらぱらとページをめくりながら、楽しげな視線を送ってくる。

「今度、こういうスポーツサスペンス書いてよ」

「いいね」

ビールのプルをおこしながらぞんざいに答えると、向かいの席に戻ってきた大志が不服そうな顔をした。

「なんだよ、その気のない返事」

気があるもないも……。僕は酔っ払った頭で、ぼんやりと考えた。

「……次なんて、もう永遠に出ないかもしれないし」

「え、なんで？」

色めき立った大志の声に、頭のなかで考えたつもりのことを口に出して言っていたことを知る。

冗談だよとはぐらかすこともできたのに、僕は大志の端整な顔を眺めながら、酔っ払いのやけっぱちで言った。

「もう、コンビ解消するかもしれないから」

「えー、なんで？　喧嘩《けんか》でもしたの？」

「別に喧嘩なんかしてないけど、独立してやってみようか、ってね」

「そうなのか」

「切り出したのは僕だけど、思ってたのは君島の方なんだ」

大志は怪訝《けげん》そうに眉《まゆ》をひそめる。

「なに、それ？」

「どうせ僕なんて補助輪だしさ」

「何わけのわからないこと言ってるんだよ。もしかして一夜さん、相当酔っ払い？」

酔っているのかいないのか、自分でもよくわからない。

天下のアイドル相手に管《くだ》を巻いてるなんてとんでもないな、と、思える程度には素面《しらふ》だし、けれどそう思いながらも止まらないというのはやっぱり酔っているのか。

「元々、僕には小説書く才能なんてないんだよ」

やだなぁ、こういう卑屈《ひくつ》な人間って。

自分で自分に突っ込みを入れる。

自分に自信がないくせに妙に見栄っぱりな僕は、ただひたすらに自分の中だけでうじうじして、あまり人に愚痴《ぐち》をこぼすようなことはなかった。

こんなふうにうだうだと話してしまうのは珍しいことだ。

もっとも、今も大志に愚痴っているというより、自分自身に自虐的《じぎゃくてき》な独白をしているという感じだったが。

君島と僕は気の合うコンビということになっていたし、自分たちもそう思っているというふりを続けてきた。

けれど心の中では赤の他人以上に疎遠《そえん》だった。僕たちは二人で一つの作品を生み出す作家でありながら、常に相手と自分とを比較して優位に立つこと、出し抜くことを考えていた。

もちろん、今に至るまでそれが表面に出たことは一度もない。

いや、ないことになっている。というのは、二ヵ月前に僕は君島の本音を見聞きしてしまったのだが、それは僕の胸のなかにしまわれて、君島は知らないことだからだ。

山崎美友紀《やまざきみゆき》という若い女性編集者と三人で君島のところで打ち合わせをしたときのことだった。

僕は用事があって一人先に君島のところを出たのだが、エレベーターの前で上着を忘れたことに気付いて、引き返した。

出たときのまま玄関の鍵があいていたので、インターホンを鳴らさずに中に入った。

CDの音で、ドアの開閉音が聞こえなかったらしい。

ダイニングのソファで、二人はこちらに背を向けてキスをしていた。

僕は呆気《あっけ》にとられた。

山崎美友紀は、つきあいはじめて間もない僕の恋人だったので。

『君島センセイはキスも上手《じょうず》ね』

『大須賀は下手《へた》なの？』

美友紀は答えをはぐらかしてクスクス笑った。

『まあなぁ、小説同様、恋愛の要領も悪そうだよな、あいつは』

『そんな言い方、気の毒よ』

『だって俺の半分以下の仕事量のくせに、十倍くらい時間がかかるんだぜ』

『大げさねえ』

またクスクス笑い。

『しかもあんなページ合わせの穴埋め心理描写で、印税折半《せっぱん》だもんなぁ。俺一人で仕事した方が、どんだけ割がいいか……』

それ以上は聞かず、僕はひっそりとドアに引き返した。

「なんだよ、その二時間サスペンスドラマみたいな話は」

僕のぼそぼそした独白に、大志は憤慨《ふんがい》した様子で合いの手を入れた。

「君島隆一《りゅういち》ってそんなサイテーのヤツだったんだ。ゲンメツ」

「いや、なんか僕の視点で話すと、どうしても向こうが悪役みたいになっちゃうけど、なんていうか、こう、キツネとタヌキの化かしあいみたいなものだったんだ」

たまたま立ち聞きしてしまっただけのことで、普通その程度の陰口悪口は、ほとんどの人間が言ったり言われたりしているものだと思う。

僕だって作家仲間の手厳《てきび》しい編集者批判に、苦笑しながらも相づちをうったりする。当の編集が聞いたらさぞや傷ついて、憤慨しそうな話にだ。

そもそも、君島の僕に対する評価はどうせそんなところだろうと、聞く前から予想はついていたし、僕にしたところで君島に対してはあれこれ思うところはあった。

行きすぎた八方美人はいやらしいぞ、とか、確かにトリックの緻密《ちみつ》さは脱帽ものだけど、キャラクターをそのトリックのための道具としか見做《みな》さないから、ステロタイプなキャラばかりになっちゃうんだよ、とか。

要するにお互い腹黒さは同等で、たまたま立ち聞きされてしまった君島が不運だったというだけの話だ。

美友紀のことにしても、二股《ふたまた》かけられたことを一方的に憤《いきどお》れない後ろめたさが僕の中にはあった。

好きだった、とは思う。理知的で綺麗な編集に、お世辞を言われて、誘いをかけられて、悪い気はしなかった。

けれどそれは単純な恋愛感情ではなく、君島に対する劣等感《れっとうかん》からの打算も含まれていた。男でも女でも、たいていの人間は君島の方にひかれていく。そんな中で珍しく僕の方に好意を示してくれたことが嬉しくて、君島の鼻をあかしたような気分になっていたのは確かだった。格好悪い結末に陥《おちい》ったのも、たぶんそんな不純な考えを抱いた当然の報《むく》いなのだろう。

——と、まあここまでは、綺麗事《きれいごと》の冷静な分析。

本音を言えば、恋人と相棒が二人で自分の悪口を言っているのを聞くというのは、それはもう最低にショックで屈辱的《くつじょくてき》で、イヤな気分のものだった。

これが日頃自分に自信のある人間であれば、傷つきはしても、それは単独の出来事として、乗り越えていけるのだと思う。

けれど、自分に自信を持てない人間には、単独のしくじりが単独ではなくなっていってしまうから困る。

ひとつつまずくと、過去のあらゆる失敗や惨《みじ》めな思いが喚起《かんき》されて、不幸癖《へき》というか、不幸の回路みたいなものが強化されていってしまう。

やっぱり自分はダメだ、きっとまた次も失敗する、と、どんどん悪い暗示にかかっていってしまうのだ。

そしてまた、根の明るい人間であれば、ショックや腹立ちをその原因となった当人にぶちまけて、喧嘩するなり、謝らせるなり、なんらかの前向きな対処をするのだと思うけれど、根が暗く自尊心ばかり強い僕には、自分が傷ついていることを相手に知らしめることは、さらなる屈辱としか思えなかった。

君島が一人で仕事をしたいと思っているなら、先んじてこっちから独立を切り出してやれ。惨めな思いをしないためには先手必勝、というわけで、僕はそのやけくその思い付きを、考えなしに実行してしまったのだった。

美友紀のことにしても同様。別れ話はこっちから切り出した。

「一夜さんって見かけによらず衝動《しょうどう》のヒトなんだね」

大志が呆れたような感心したような声で言った。

県道から聞こえる遠い車の音と、カエルの声をBGMに、僕たちは半ダースの缶ビールをほぼあけてしまっていた。

「うん。我ながらあまりに衝動的すぎた。考えてみれば、なにも引っ越しまですることはなかったんだよなぁ。よりにもよってこんなとこまで」

「オレは大ラッキーですよ。一夜さんと隣人になれたし」

僕は酔っ払いの目付きで上目遣《うわめづか》いに大志を睨《にら》みあげた。

「口がうまいね、ゲーノージン。君島とそっくり」

「ひでー。人を悪役と一緒くたにすんなよな。オレは本気で言ってるんだから」

大志は膨《ふく》れっ面《つら》をしてみせた。

「でもほら、そういうの瓢簞《ひょうたん》からコマっていうんだっけ？　この際だから、ホントに一夜さん独立して仕事してみれば？」

「一人でなんて書けるはずないよ」

僕は投《な》げ遣《や》りに言った。

「何言ってるんだよ、ベストセラー作家が」

「作家なんかじゃないよ。僕はただのアシスタントさ。きみが面白《おもしろ》いって言ってくれたあのトリックだって、百パーセント君島が考えてるんだから」

「…………」

「どうせ僕なんか、無能だしセンス悪いし格好悪いし女には二股かけられるし……」

アルコールが回ってぐらぐらする頭をテーブルに伏せて、我ながらくだらないこと言ってるなぁとうんざりした。

もうやめたいのに、やめられない。愚痴というのは言い始めると際限がなくなってしまうものだ。我に返ればどうしてあんなつまらないことを言っちゃったんだろうと自己嫌悪に陥るのは目に見えているので、その瞬間を少しでも先延ばしにしたくて、いつまでもだらだら言い続けてしまう。

「……仕事で疲れてるんだろ？　もう帰った方がいいよ」

打ち止めにするために、僕はうつぶせたままぼそぼそと切り出した。

「うん」

大志はあっさり立ち上がった。

そこで「とことんつきあう」などとヘンに親身な善意を押しつけられなかったので、少し救われた。

「そうそう、明日から一泊の仕事なんで、二日ほど朝はいいです」

「……抜糸《ばっし》っていつだっけ？」

「あさって」

「じゃ、もう僕は放免ってことだね。ラッキー」

これでエッセイの次の締切まで、僕の生活には義務的な要素は一つもなくなってしまったというわけだ。

「そんなこと言わないで、あさってまた来てよ。あ、そうだ。あさってバザーなんだ。オレも仕事終わり次第帰ってくるから、ヒマだったら遊びに来て。すぐそこの小学校が会場だから」

「……行かないよ、そんな面倒なこと」

「小説のネタになるかもよ。取材だと思ってさ」

飄々《ひょうひょう》と言って、大志は引き上げていった。

5

「ねえ、テキヤの人ってどうやってこういうイベントの日程を調べるのかな」

ブランコを揺らしながら、椿《つばき》くんが素朴《そぼく》な疑問を投げ掛けてくる。

水色の模造紙みたいに晴れ上がった日曜日、校庭には学校名入りの白いテントと、タコ焼きや綿菓子の屋台がまばらに並び、多くも少なくもない人々がのどかに行き交っている。

「大きなお祭りとかならわかるけど、こんな町内会のバザーまで嗅《か》ぎ付《つ》けて屋台出すのって、すげー仕事熱心だよね」

「そうだね」

妙なことにしきりと感心する椿くんに、言われてみれば確かにそうだなと相づちを打ちながら、僕は適当にそのへんのテントにカメラを向けてシャッターを切った。

「小説家の取材って、写真を撮《と》ったりもするんですね」

「うん。イメージを膨《ふく》らますには、やっぱり写真とか映像もないとね」

「かっこいいなぁ」

素直に感心する姿に胸が痛む。

町内会のバザーをネタにした小説を書く予定などもちろんない。取材というのは、こんなところにのこのこと顔を出している自分に対する言い訳みたいなものだ。

おとといの夜、くだらない愚痴《ぐち》をこぼしてしまったことで、大志《たいし》になんとなく引き目というか借りを作ってしまったような気がしていた。一方的に愚痴の聞き役をさせておいて、向こうの誘いには応じないというのもなんだかなぁと思って、一応顔だけ出してみたのだ。

バザーもあと一時間ほどで終わりそうだというのに、当の大志はまだ来ていない。きっと仕事が長引いているのだろう。

そもそも、ただでさえ忙しい身の上のアイドルが、なんでわざわざこんな取るに足らない行事をいちいち手伝おうなんて思うんだか。

テントの方から、多佳子《たかこ》さんが小走りに駆けてきた。手刺繍《てししゅう》のエプロンが清楚《せいそ》で、なんとも優美な感じだ。

「椿ちゃん、悪いけどちょっと売り子代わってくれる？　ケーキが売り切れそうだから、お店まで取りに行ってきたいの」

「オッケー」

椿くんはブランコから飛び降りて、軽快にテントの方に走っていった。

初夏の日差しに眩《まぶ》しそうに目を眇《すが》めて、多佳子さんは僕に微笑《ほほえ》みかけてきた。

「一夜《いちや》さんも見学だけじゃなくて参加しません？　向こうのお餅《もち》つき、人手が足りないみたいだから」

なんで僕が田舎《いなか》のバザーなんか手伝わなきゃならないんだよ、などとはまさか言えないので、

「僕なんかが手を出したら、かえって足手まといになっちゃいますよ」

曖昧《あいまい》に笑ってごまかした。

「足手まといなんて、そんな。でも、確かに一夜さんが声をからして売り子をしたり、汗だくになってお餅をついたりしてるところなんて、想像つかないわ。いつも優雅にバラのお茶かなにか飲んでるみたいなイメージ」

「バラのお茶って……」

一体どんなイメージだよ。

「今度お店でご馳走《ちそう》しますよ」

ふいと門のあたりで小さなざわめきが起こった。

大志が車からおりるところだった。小学生の女の子の集団からサインをせがまれて、腰を屈《かが》めて相手をしている。

一頻《ひとしき》りの騒ぎが収まると、大志はひょいひょいと辺りを見回した。すぐにサングラスがこちら向きに固定され、乾《かわ》いた土を散らしながら軽快に駆けてきた。

「ただいま」

ふわりと笑ってサングラスを外す。その小憎《こにく》らしいような仕草に、なぜか僕は赤面しそうになった。

「疲れたでしょ、タイちゃん」

多佳子さんが優しく声をかけた。

「平気。車の中で寝てきたから」

「ちょっとお店までケーキ取りに行ってくるわね」

「じゃ、オレらもあっち手伝ってこようよ。なんか餅つき苦戦してるみたいだし」

大志はほとんど無意識のようなあたりまえさで、僕の手首を引いて歩きだそうとする。その子供っぽい仕草に、多佳子さんがたしなめ顔になった。

「ちょっと、タイちゃん。無理強《じ》いしちゃダメよ。一夜さんは取材で見学に来てるだけなんだから」

「参加してみるのも取材の一環《いっかん》でしょ」

さらりと言って、呆《あき》れる多佳子さんを尻目《しりめ》にどんどん歩きだす。

「……言っておくけど、僕は餅つきなんかやらないよ」

腕を振りほどきながらぞんざいに言った。

「はいはい、じゃ、一夜さんは丸める方の係ね。川辺《かわべ》さーん、こちら大須賀《おおすが》さんっていうんだけど、丸め方教えてあげてよ」

だからなんでそうなるんだよ。

唖然《あぜん》としているうちに、女性オンリーのお餅丸め部隊に加えられてしまった。

「あなた器用ね」

「タイちゃんのお友達？」

「ああ、ダメダメ、餅とり粉《こ》は外側だけにして、あんこの方には付けないの」

おばさん連中の騒ぎに圧倒されながら渋々ビニール手袋をして餅を丸めていると、ちょろちょろと椿くんが寄ってきた。

「ケーキ、売り切れちゃって開店休業状態なんだ。こっち手伝う」

「よかった。じゃ――」

代わってくれと言おうとしたとたん、椿くんは大声を張り上げた。

「つきたてのお餅はいかがですかー。なーんとあの川嶋《かわしま》大志がついて、ワンプラスワンの大須賀一夜が丸めたすげー餅が、一皿二百えーん‼」

……頼むからやめてくれ。

元々、大志の姿を見つけて人が集まりはじめていたというのに、椿くんの一声で一気に人垣《ひとがき》が膨れあがった。

もはや何がなんだかわけがわからない。大方は大志のファンなのだが、中には「読んでます」と言ってくれて強引に握手《あくしゅ》をしていく人などもいて、もみくちゃの状態だった。

つきた
お餅
200円
もち
もち

餅があっという間に売り切れてしまうと、今度は売れ残りのバザーの品物に大志がサインと握手を付けて売り出した。時々僕にも声がかかり、結婚式の引出物かなにかの皿のセットにサインを入れさせられたりした。

どうして僕がこんな目に…とげんなりしながら、しかし物がなんであるにしろ、目の前でばんばん売れていくというのは、気持ちのいいものだった。

ワンプラの本が何万部売れようと、その現場に立ち合っているわけではないから、実感はほとんどない。作家の日常なんて、虚《むな》しいくらいに地味なものだ。

こういう活気が新鮮に思える気持ちは、認めないわけにはいかなかった。

やがて時間がきて、あらかたの品物は売れてしまった。

「はい、どうぞ」

椿くんが缶コーヒーを持ってきてくれた。

「ありがとう」

後片付けが始まったので、僕たちは邪魔にならないように朝礼台の方に移動して腰をおろした。

手伝う気のない僕たちに、里香《りか》ちゃんが見下《みくだ》したような一瞥《いちべつ》をよこす。

「一夜さん、なんか疲れてない？」

「こういうの、慣れてないから」

「なんか年寄りっぽーい」

……悪かったな。

すっかり休憩《きゅうけい》している僕らをよそに、大志は片付けにも加わっている。

テントを解体し、長テーブルを軽々と運び、段ボール箱を着々と潰《つぶ》して束《たば》ねていく。手際よく作業しながらも、周囲の人々と絶え間なくにこやかに会話し、請《こ》われると手を止めてサインをしたりしている。

「タイちゃんってすげーよなぁ」

椿くんがしみじみと言う。

「残ってた品物、ほとんどタイちゃんのおかげで売れたようなもんなんだから、ふんぞり返ってればいいのに、後片付けまで手伝っちゃって」

それは僕もそう思う。前に君島《きみしま》とタイプが似てるなんて思ったけれど、それは一部分撤回《てっかい》しなくちゃ。少なくとも、君島のような小狡《こずる》いところは大志にはない。きれいな仕事だけしてれば済むのに、ゴミ捨てまで買って出る、バカみたいな真正直さ。

だからみんなに好かれるんだろう。

それにしても、この年頃で自分の兄弟をこんなふうに素直に褒《ほ》める男の子というのも珍しい。

そう言うと、椿くんはからからと笑った。

「兄弟っていっても血はつながってないし、タイちゃんは僕が九歳の時に家を出ちゃってるから、多分普通の兄弟っていう感覚とはちょっと違うと思うな」

それでふと、大志の家の複雑そうな事情を思い出した。

「片付けが終わったら、どっかで打ち上げやるみたいだよ。一夜さんも行く？」

「いや、僕は帰る」

缶コーヒーを飲み干して立ち上がったところに、大志が寄ってきた。

「あれ、タイちゃん打ち上げ行かないの？」

「ああ、これから抜糸《ばっし》」

「今日、休診日だよ」

「だから好都合。他の患者が出入りする日にオレがうろついてると、親父もお義母《かあ》さんも不愉《ふゆ》快《かい》だろ」

冗談めかした台詞《セリフ》になんだか切なくなる。

「だったらさ、多佳ちゃんとかも誘って、うちで打ち上げやろうよ」

椿くんがあっけらかんと提案して、すぐさま多佳子さんと里香ちゃんをひっぱってきた。

なんで僕まで…と思いつつ、ひとまず帰り道は一緒なので、夕暮れの道をぶらぶらと一緒に歩いた。

前回同様、通用門から院内に入る。玄関の扉が半開きになっていて、女の人数人の後ろ姿が見えた。

どうやら帰りぎわらしく、あいさつをしながらもまだ話は続いているようだった。

「また来てるわよ、椿ちゃんの伯母《おば》さんたち」

多佳子さんが眉《まゆ》をひそめた。

「とにかく、自由に出入りさせておいたら、椿ちゃんの教育上だってよくないわよ」

「そうよ、芸能人なんて水商売と同じじゃないの」

「だいたい、戸籍上《こせきじょう》はともかく、実際は高倉さんの息子じゃないわけでしょ？」

「いったん出ていったものをまた戻ってくるなんて、どうせこの家の財産狙《ねら》いなんじゃないの？　いっそ出ていったきり消息不明にでもなってくれたら、高倉の家のためだったのにね」

物騒な冗談。困ったようなクスクス笑い。

心臓がじわじわと冷たくなった。

大志が表情ひとつ変えず、今入ってきた通用口を指差した。僕らはいったん外に出た。

「ごめんごめん。なんだか不愉快な思いをさせちゃったね」

「なんでタイちゃんが謝るんだよ。……ったくあの伯母さんたち、いっつもくだらないことばっか言ってさ。あっちの方がよっぽど教育上よくないよ」

椿くんが頬っぺたを膨らました。

「……あのババアこそ、消息不明になればいいのよ」

物騒なことを言う里香ちゃんを多佳子さんが「やめなさいよ」とたしなめた。

「確かに腹が立つけど、第三者の私たちが余計なこと言ったら、ますますタイちゃんの立場が悪くなるでしょ。知らんぷりしてるのが一番なのよ」

ボソボソと話しているところに、三人組のおばさんたちが出てきた。大志の姿に一瞬ひるんだものの、すぐに澄まし返って、目の前を通り過ぎようとした。

「……謝ってください」

僕の口から自分の声とも思えない低い声が出た。

三人が足を止めた。

「彼に謝ってください」

湧《わ》き上《あ》がる怒りで、声が震えた。

自分でもやりきれないくらい、無性に腹が立っていた。

自分の陰口を思わず立ち聞きしてしまった時の屈辱感《くつじょくかん》は、身をもって知っている。内容がよりひどかったために、自分のときよりも数倍腹が立った。

「出生《しゅっせい》なんて彼本人になんの責任もないことだし、俳優も水商売も人を楽しませたり安らがせたりする、立派な職業ですよ」

自分でも驚くような剣幕に、おばさんたちは顔を見合わせた。

「こんなに無欲で骨惜《ほねお》しみしなくて明るくて楽しいいいヤツなんて滅多《めった》にいるもんじゃないのに、それをつかまえて財産狙いだの消息不明になればいいだのって、どういう言い草ですか。

冗談でも言っていいことと悪いことがあります」

「そうだそうだ」

椿くんが小声で加勢してくれた。

「ちゃんと謝ってください」

「サンキュー、一夜さん」

するりと大志が割って入ってきて、おばさんたちに微笑みかけた。

「ご心配ももっともですけど、別に親父の財産なんてあてにしてないですよ、オレ。あの家は椿のもんです」

「いらないよ、オレ」

「いらなくても、おまえのモンなんだよ。あ、何なら相続放棄《ほうき》の一筆書きますよ?」

大志はあくまでにこにこと感じよく笑う。

交互に顔を見合わせたあと、三人は気まずげに視線を伏せ、そそくさと立ち去って行った。

静寂が訪れると、急に自分の激情が恥ずかしくなった。

うろうろと視線をさまよわせていると、大志の手がポンと僕の肩をたたいた。

「どうもありがとう」

「いや…なんか余計なこと言っちゃったみたいで……」

里香ちゃんが恨《うら》みがましい目で、僕を睨みつけてきた。

「私だって言いたかったけど、かえって大志さんの迷惑になるかと思ってガマンしてたのに」

ふいときびすを返して、怒ったように歩いていってしまう。

「気にしないでね。彼女のタイちゃんへの妄愛《もうあい》はちょっと病的で、とにかくちょっとでもタイちゃんに取り入ろうとする相手は、老若男女《ろうにゃくなんにょ》問わず気に入らないのよ。困ったものだわ」

多佳子さんが苦笑いを浮かべて、里香ちゃんを追っていった。

「椿ちゃん？　帰ったの？」

通用門の奥からお母さんらしい声が聞こえた。椿くんはやれやれという顔で肩を竦《すく》めて、中に入っていった。

「……ごめん。余計なこと言った。確かに里香ちゃんの言うとおり、かえって迷惑でしかないのに」

「何言ってるんだよ。オレはすごく嬉しかったよ。まさか一夜さんがあんなふうに腹立ててくれるなんて思わなかったから」

「…………」

「オレって無欲で骨惜しみしなくて明るくて楽しくていいヤツ、ですかね」

「……別に僕がそう思ってるわけじゃない。一般論だよ」

大志のニヤニヤ笑いに、僕は気恥ずかしくなりながらぶっきらぼうに答えた。

「でも、別にあの伯母さんたちが悪いわけじゃないんだ。実際、オレって結構ヤなガキだったから。親戚の心証悪いのも当然、ってね」

「…………」

「こんな町、早く出ていきたいってずっと思ってた。それこそ、町内行事に参加するどころか、厄介《やっかい》ごとばっかり引き起こしてたし。高校も、二回停学になって、結局中退しちゃったしね。そんなヤツが身内にいたら…しかも血縁関係のないガキだったら、フツー疎《うと》ましく思うよ。オレが伯母さんの立場でも、思ってたよ」

「……どうしてそんな町に戻ってきたの？　仕事のこと考えたって、東京にいた方がずっと便利なのに」

大志はすらりと髪をかきあげて、僕の方を見て意味ありげに微笑んだ。

「『歯医者に行くのは憂鬱《ゆううつ》だけど、その日延ばしにしてると、毎日毎日気が晴れないでしょ？』

——あの台詞を書いたのは、一夜さんの方？」

それはワンプラの二冊目の本『幾千夜《いくせんや》』の中の台詞だった。殺人を犯した女の子が、それは完全犯罪で黙っていれば闇《やみ》に葬《ほうむ》り去《さ》られておしまいなのに、あえて自首しに行く場面で口にする。

「そうだけど」

いきなり引用されて、面食らってしまう。

「まさしくあんな気分だった。自分がみっともないことやってた場所から、目をそらしたくなかった。……もっとも家族や身内にしてみれば、迷惑な話だよね。やっと出ていってくれたと思ってた厄介者が戻ってきてさ。気の毒だねぇ」

「……なに同情してるんだよ。あんな言い方されたら、きみはむしろ怒るべきだよ」

「怒ったりできないよ。ホントのことだし。それにさ、伯母さんたちの発言って、要するにお義母さんと椿への好意から出てることじゃん？　オレという悪者の手から、お義母さんと椿の権利を守りたいっていうさ。だからオレ、あの人たちってキライじゃないんだ。誰かを好きだって思ってる人は、悪い人じゃないよ」

胸が詰まって何と言ったらいいのかわからず、僕はわざと露悪的《ろあくてき》な単語を口にした。

「偽善者」

大志はサングラスをずらしてきれいに笑う。

「当然。だってオレ、アイドルですよ？　イイヒトぶってなんぼの商売だもん」

「…………」

「あ、なんだか打ち上げお流れになっちゃったね。とりあえず、また明日の朝にね」

ひらひらと手を振って、大志は抜糸のため通用門の中に戻っていった。

6

最後の句点を打って、僕は小さく息をついた。

風呂上がり、数日ぶりにパソコンに向かったのは、仕事のためではなく、ふと頭をよぎった小さな話を書き留めるためだった。

不遇《ふぐう》な生まれの少年が、毎日毎日自分の町を出ていくことばかりを夢見て過ごす、ミステリでもなんでもない、純文崩《くず》れのつまらない話。

モデルが大志《たいし》なのは明らかだが、かといって実話というわけでもない。僕が書いた主人公は、結局町から一歩も出ずに終わるのだ。

ノートパソコンの液晶画面を睨《にら》みながら、僕は唐突に斎藤茂吉《さいとうもきち》を思い出した。いや、別に茂吉に限定しなくてもいいんだけど、たまたま頭に浮かんだのが、中学の国語の教科書に載っていた、彼の作品だったのだ。

母親の死に際して作られた一連の短歌を読んで、当時の僕はなんだか呆《あき》れたものだった。

自分にとって何にも代えがたい大切な相手が死に瀕《ひん》しているというのに、その様子を淡々と歌に詠《よ》んでいく冷静さというのが、理解できなかった。身内の死まで作品のネタにする。芸術家というのはなんて浅ましい人種なんだろうと、軽蔑《けいべつ》を感じた。

けれど、今になって僕にはそんな気持ちが少しわかる…って言ったら僭越《せんえつ》を通り越して無礼という気もするけれど、とにかくそんな心境だった。

自分の感情に訴《うった》えかけるものがあったとき、泣いたり笑ったりするのと同等の表現手段として、文章に置き換えずにはおけない性《さが》というのがあるのだと思う。

ただ書きたいから書いただけのことで、それを商業ベースに載せようとは思わなかったし、載せられるようなレベルのものではなかった。子供の作文に毛が生えた程度の拙《つたな》い文章だ。

玄関の呼び鈴が鳴った。

「こんばんは」

大志の声だ。またこんな格好の時に…と、まだ湿っている髪をかきあげながら出てみると、大志は子供っぽい膨《ふく》れっ面《つら》をしている。

「なんで今朝《けさ》は来てくれなかったんだよー」

「……だってもう抜糸《ばっし》は済んだんだろ?」

手の包帯は、小さな絆創膏《ばんそうこう》に代わっていた。

「済んだけど、朝ごはんは一夜《いちや》さんと食べるって決めてるんだよ」

……勝手に決めるなよ。

「あ、そうだ。本、どうもありがとう。面白《おもしろ》かったー」

大志はデイパックから文庫本を取り出した。

「それと、これ。本日のお土産《みやげ》はもみじ饅頭《まんじゅう》でーす。甘いの平気？」

「うん。一度に黄身《きみ》しぐれ六個は食えないけど」

大志はからからと笑いだした。

「あの撮影《さつえい》、結局全部で十二個食ったんですよ」

「ゲーッ。よくそんなことできるね」

「仕事だと思えばね。それじゃ」

「え？　ちょっと……」

まさかあっさり帰るとは思わなかったので、反射的に呼び止めてしまった。

「はい？」

「あ…いや…時間あるならお茶くらいいれるけど？　一人じゃこんなにたくさん食べきれないし」

社交下手《べた》な僕には、それだけの提案をするのさえ気恥ずかしく、妙に決まり悪かった。どんな些細《ささい》なことといえども、自分の方から何かを持ちかけるというのが最高に不得意なのだ。

「別に急いでるなら引き止めないけど」

怒ったような声で予防線まで張ってる自分が情けない。

「寄っていいの？　わーい、お邪魔しまーす」

大志は屈託《くったく》なく笑ってあがってきた。

「あ、また仕事の邪魔しちゃった？」

この前の晩と同様、パソコンを見つけて大志が言う。

「別に仕事なんかじゃないよ。はい。お持たせの上、箱のままで悪いけど」

もみじ饅頭の箱を開封してすすめると、大志はやはり屈託なく手を出してきた。

二つ摘《つま》んで、ひとつを「はい」と僕の前に置いてくれる。

表から聞こえるカエルの鳴き声と、ヤカンをかけたガスコンロの小さな音が妙にのどかだった。

鼻歌まじりにもみじ饅頭をくわえていてさえ、大志はなんだかさまになる。家のボロさがセットのような味わいを醸《かも》し出《だ》して、まるでドラマのワンシーンのようだ。

大志はぱくぱくと三つほどをあっというまに平らげ、ふいと何か思いついたように僕を見た。

「あのさ、この間の晩、一夜さんが言ってたことだけど」

ぎくり。くだらない愚痴《ぐち》をこぼしたことを思い出すと、自己嫌悪でぐるぐるする。

あんなこと言っちゃって…などと言い訳するのもみっともないし、愚痴の続きをまぜっ返す気も毛頭《もうとう》ない。とすれば、そらとぼけるほかはない。

「この間？　何か言ったかな。珍しく酔《よ》っ払《ぱ》っちゃって、気がついたら朝だったから、全然覚えてないんだ」

大志は四つ目のセロファンを剝《は》がす手を止めた。ちらと僕を見て、意味深《しん》な間合いのあと破顔した。

「なんだ、覚えてないの？　もうタイヘンだったんだぜ、服とかバンバン脱いじゃって」

「…………」

「タオルを褌《ふんどし》がわりにして、テーブルの上で四股《しこ》踏みだした時は、どうしようかと思っちゃったよ」

「……そんなことするわけないだろ。きみじゃあるまいし」

「言い切るね、記憶ないくせに」

「いくら酔っ払ったって、そんなキテレツな行動はとらないよ」

「じゃ、いきなり抱きついてきたっていうのはどう？　気のない素振《そぶ》りをしてたけど、実はウイザーズの頃から大志の大ファンだったんだ、ガバッ！　……とかいって〜」

呆れた一人芝居を半口あけて眺《なが》めていると、

「隙あり！」

いきなり口の中に饅頭を押し込まれた。思わずむせ返ってしまう。

やっとの思いで飲み下して、僕は大志を睨《にら》みつけた。

「子供みたいな悪ふざけばっかりするなよ」

「童心を忘れていないスーパーアイドル川嶋《かわしま》大志、本年度の抱かれたい男ナンバー3でーす」

「自分で言うな、自分で」

ああ…なんか調子狂う。この男と一緒にいると、頭のネジがゆるんでくる。

ヤカンがピーピー鳴り出して、僕は脱力しながら台所に立った。

大志はテーブルをドラムみたいに指で叩きながら、楽しげに自分の歌を口ずさみはじめた。

結局それ以上「この間の話」に突っ込んでこようとはしない。

僕が「なかったこと」にしたがっているのを察して、機敏に冗談にすり替えてくれたことがなんとなくわかった。……だから調子が狂うのだ。この男といると。

ヤカンの湯をポットに移し替えていると、玄関の呼び鈴が鳴った。

「あ、オレが出ますよ」

大志が身軽に玄関に出ていった。

ちょっとお待ちください、と短く慇懃《いんぎん》に応対する声が聞こえ、すぐに大志は引き返してきた。

意味ありげに目を見開いて、玄関に顎《あご》をしゃくる。

「客、君島《きみしま》さんなんだけど」

「え？」

心臓にキンといやな痛みが走る。

「あがってもらっていい？」

「ちょっと待って」

僕はおたおたと奥に飛び込んだ。

パジャマをチノパンと黒のカットソーに着替え、ばさばさの髪をとかしつける。鏡の前で妙なところがないかをチェックして、居間に戻った。

「うわっ、パリッとしちゃってどうしたの？」

大志が小声で冷やかすように言う。

「悪いけど、そんなわけだから今日はこれで」

それとなく帰れと促《うなが》して、僕は玄関に向かった。

君島は新種の鳥でも見つけたような顔で、床板の修理あとを覗《のぞ》き込《こ》んでいた。

僕が近付くとぱっと顔をあげ、用意していたような笑みを浮かべる。

「よう。久しぶり。元気そうだな」

「うん。そっちも」

僕もぱりりと笑い返した。

相変わらずの男前だ。すらりとした長身に、麻《あさ》のカジュアルなスーツがよく似合う。

「忙しくてなかなか予定立たなくてさ。今、取材の帰りなんだけど、たまたま近くを通ったから急に思い立って寄らせてもらったんだ」

予定が立たないほどの忙しさ、羨《うらや》ましい限りだ。

「あ、これ引っ越し祝い」

渡された紙袋の中身は、きれいな包装を施《ほどこ》されたワインだった。

「しかし、この家だったらワインより焼酎《しょうちゅう》とかの方がよかったかな」

気のきいた冗談を言ったという顔で、君島は笑っている。

「ずいぶん年季の入った家だな」

「まあね。こういう昔の家、一度住んでみたかったんだ」

自分で言ってても虚《むな》しくなるような負け惜しみ。玄関の床板が抜けるような家に、住んでみたいヤツなんかいるかよ。

「一夜さん、あがってもらったら？」

奥から大志が顔を出した。

君島が思い出したように様子を変えて、声をひそめた。

「なあ、まさかとは思うけど、あれ、ウィザーズの川嶋大志じゃないだろうな？」

返事に迷う一瞬の隙に、地獄耳《じごくみみ》の大志が台詞《セリフ》をさらっていった。

「君島さんが知っててくださったなんて光栄だな。どうも初めまして。川嶋です」

きらりと白い歯を光らせて、右手を差し出す。……なんかいつものバカっぽさとはうってかわってカッコいい。いや、カッコつけ。

「いや…どうも」

自信家の君島には珍しく、やや気圧《けお》されたように手を握《にぎ》り返《かえ》す。

「散らかっててすみません。ちょっとお茶してたもんだから」

先頭に立って居間に戻った大志は、まるで我が家のような態度でテーブルの上の菓子の包みを片付けたりしてる。……まったくさっさと帰れよな。

君島は僕と大志を交互に見比べた。

「いや、大須賀《おおすが》が川嶋さんと知り合いだったなんて、今の今まで知らなかったな」

「知り合いっていうより、マブダチって感じです。自分の家より、ここで過ごす時間の方が長いくらいですよ。ついつい居心地がよくて」

殊更《ことさら》に親しさをアピールするかのごとく、嘘八百を並べ立てる。

なんのつもりだよ。

「あ、お茶入れますね」

「いや、お構いなく。車で連れの編集者が待ってるので、すぐに失礼します」

君島が畏《かしこ》まった様子で大志を制した。

連れというのはどうせ美友紀《みゆき》だろうと、何となく苦い気分になった。

「そうですか？　じゃ、オレはそっちでテレビ見てます」

大志は我がもの顔で、居間と続きの和室に行ってテレビをつけた。

気詰まりな静けさでもなく、会話の妨《さまた》げにもならない音量で、バラエティ番組が軽快に流れはじめる。

君島は大志の方をちらちらと盗み見ながら、こっちに身を乗り出してきた。

「いったいどうやってあんな大物と親しくなったんだよ」

「いや、たまたま家が隣同士だったから」

君島は納得のいかない様子だ。

いくら追及されても、それ以上の理由は何もないので、僕ははぐらかすように話題を変えた。

「もしかして、和泉社《いずみしゃ》のプロットができたんで見せにきてくれたの？」

「うん、まあね。そっちは？　調子どう？」

反対に問い返された。

「あ、うん。環境がいいせいか、なんだか調子がよくてさ」

うわー。なんでこう無用の見栄を張っちゃうんだろう。

「それはなによりだな」

君島は感じよく笑った。

「実は大須賀に触発されて、俺も個人活動を頑張ってみようかなと思って」

それは電話でも聞いたけど。

「それでさ、実は今回の和泉社の仕事なんだけど。まあほら、ワンプラ名義で引き受けた仕事ではあるけど、せっかく張り切ってる大須賀の原稿を中断させるのも悪いし、今回は俺一人の名義でやってみようと思ってさ。実はもうあらかたできあがってるんだ」

「……へえ」

「あ、名義変更《へんこう》の件は出版社の方からはすんなりＯＫもらってるから、その点は心配ない」

さり気なくヤなこと言ってくれるよなぁ。「すんなりＯＫ」って要するに出版社にとっても大須賀一夜なんかどうでもいいってことだろ。

大体、ワンプラ名義で受けた仕事を事後承諾《じごしょうだく》で自分のものにしちゃう神経っていうのもすごい。いつもながらの君島の厚顔さに、腹立ちと敗北感が相半《あいなか》ばした。

どんな世界でも、結局は押しの強い人間の勝ちなのだ。――まあ僕らの場合、それ以前に圧倒的な才能の差があるわけだが。

僕は笑顔を作って、ひょいと肩をすくめて見せた。

「それは僕も一読者として楽しみにしてるよ。正直言って、こっちも助かる。今やってる原稿に専念できるし」

……すごいな、我ながら。キング・オブ・見栄《みえ》っぱり。「あれはワンプラで受けた仕事だろう⁉」と抗議することだってできるのに、そういうカッコワルいことをしたくないのだ。

「大須賀がどんなもの書くのか、こっちこそ楽しみにしてるよ」

心にもない台詞はお互い様。いやな人間関係だよな。

「あ、悪い。連れがいるから、今日はこれで」

「もうお帰りなんですか？」

君島が席を立つと、奥でテレビを眺《なが》めていた大志もひょいと立ち上がった。

その存在を思い出したとたん、君島のまとう空気の色が変わる。慇懃でありながら僕に対してはどこか小馬鹿にしたような接し方をするくせに、大志を見る目は色めき立っている。

「どうもお邪魔しました。しかしこの家が居心地いいっていう川嶋さんの気持ち、よくわかるな。こういう古い家もいいもんですね」

お世辞か嫌味かと思いきや、どうやら本気で言っているらしい。あの川嶋大志がいいというならいいのだ、というわけか。いかにも君島らしいブランド指向。

「じゃ、大須賀、仕事頑張って」

大志を意識したあとには、僕にかける声まで違ってる感じ。大した効果だ。

門の前に車を停めてあると気まずいので、僕は玄関までしか見送らなかった。

門扉《もんぴ》の軋《きし》む音を聞きながら、やれやれとため息をついた。

「お疲れ様でしたー」

大志が声を掛けてきた。ちょっと気まずい気分になる。君島とのやりとりは全部聞かれていたに違いない。

「そんなイヤそーな顔しなくても、もう帰るって」

靴《くつ》ひもを結んで、大志はぱっとこっちを振り向いた。

「一夜さん、黒似合うね」

着替えたことをからかっているのだ。決まり悪さに顔が熱くなる。

「……どうせ見栄っぱりって思ってるんだろ？」

「え？」

「相棒と会うのにあれこれ取《と》り繕《つくろ》ったり、書いてもいない原稿のこと、吹聴したり」

大志は背後の闇と同じ真っ黒の目で僕を見上げて、ぱらりと破顔した。

「あのね、オレ、一夜さんのそういうとこ、すごい好き」

スキ、という単語のすべすべした響きに、一瞬バズーカ砲で撃たれたみたいに動転してしまう。

やっぱりアイドルはすごい。バカにされているのだとわかっていても、この綺麗な顔で、こんな抑揚《よくよう》で、スキなどと言われたら、うろたえずにはいられない。

おろおろする自分に腹が立って、僕はすげなく大志から目を逸《そ》らした。

「そうやってからかってりゃいいさ」

「からかってなんだよ。オレは本当にそう思ってる。見栄っぱりってかっこいいと思う」

「…………」

「ねえ、このあいだの晩、酔ってオレに口を滑《すべ》らせたこと、本当は覚えてるんでしょ？」

やぶからぼうにそんなことを言い出す。否定できない自分が情けない。

「それなのに、覚えてないって言っちゃう一夜さんはかっこいいよ」

……やっぱりバカにしてやがる。

「どこがだよ」

「だってさ、話したこと後悔してるなら、本当はそらとぼけるより、オレに口止めしておいた方がいいわけじゃん？　一応ヤバい裏話だし。オレが知り合いの芸能記者にでも面白おかしく喋《しゃべ》ったら、結構面倒だよ？」

「…………」

「あるいは、完全に一夜さんに肩入れしてるオレを味方に引き入れて、君島さんを悪者に仕立てるっていう手もある」

闇の中で、大志がキンセンカみたいに笑っている。

「それなのに、一夜さんは口止めも言い訳もしない」

「……ただでさえかっこわるいのに、この上そんなみっともないマネできるかよ」

「ほら。そのやせ我慢が、潔《いさぎよ》い」

「…………」

「ホントは、弱音を吐《は》いて相手に腹をさらしちゃう方が全然ラクなんだよ。だけど一夜さんはいつも強がってるでしょ？　数年来の相棒の前でも、だらしない格好はしないとか、仕事の調子が悪くてもはかどってるフリしちゃうとか」

「……悪かったな、見栄っぱりで」

「だからさ、それがかっこいいって言ってるんだよ。昔の相棒の類《るい》も、かなりの見栄っぱりだった。一夜さんとちょっと似てる。オレ、弱音ばっか吐く人より、見栄っぱりな人が好き」

好き好きって容易《たやす》く言うなよな。

「きみは金持ちだから、貧乏人の真の辛《つら》さがわかんないんだよ」

「なに、それ？」

「自分が見栄はる必要がないくらい魅力的だから、そんなとんちんかんなことが言えるんだ」

「えー、オレってそんなにかっこいい？」

「……だから一般論だよ、一般論。それに僕が見栄さえ張り通せない情けない人間だってことは、このあいだの愚痴でわかっただろ」

……あんな情けない話を延々と。

「時にはガス抜きも必要でしょ？　それに、見栄っぱりの一夜さんがオレだけに弱音を吐いてくれるなら、それはめちゃめちゃ光栄なことだよ」

「……ホントに口がうまいね、ゲーノージンって」

嫌みを言ってみせながら、けれど大志の穏やかなやさしさは心地よかった。大志と話す間に、君島が残していった後味の悪さが、ずいぶん薄まっていた。

「じゃ、おやすみなさい」

大志は軽快にあいさつをよこした。

「ありがとう」

ぼそっと衝動的《しょうどうてき》に口にすると、大志が怪訝《けげん》そうに顔をあげた。

「なにが？」

きみがいてくれたおかげで、どん底まで落ち込まずに救われた、などと言うのはあまりに決まり悪い。

「きみがうろうろ目立ってたおかげで、家のボロさを多少めくらましできた」

「なにそれ。オレってボロ隠し？」

いいけどさぁと、大志はふわふわ笑った。

「それじゃ、また明日八時にね」

「……だからそれは、抜糸が済むまでっていう約束だろ」

「いいじゃん、来てよ。オレ、一夜さんと朝メシ食べるの好き」

スキ、と、いとも簡単に大志は口にする。綿あめみたいなその言葉に、胸のなかを真新しい剣山《けんざん》で引っ掛かれたみたいな気分になる。

「明日からまた三泊の仕事なんだよ。しばらく会えないんだから、来てよ」

「気が向いたらね」

そのひりつく痛みに戸惑《とまど》いながら、僕はぞんざいに答えた。

7

たった一週間で五階分の階段にさして息切れしなくなったのは、我ながら驚きだった。そのうえ早起きの習慣まで身についてしまって、悲しいくらいに健康的。

しかし、そんな感慨《かんがい》を抱《いだ》くために朝からのこのこ大志《たいし》のところにやってきたわけではなかった。

大志の部屋の前で、僕はポケットから四つ折りの便箋《びんせん》を取り出した。今朝《けさ》、新聞と一緒にポストに放り込まれていたのだ。

《この町から出ていってください》

右上がりのきれいな文字で、一行だけしたためられたそれは、言ってしまえば脅迫状《きょうはくじょう》というものらしい。

最初はただただ困惑《こんわく》した。越してきてたった一週間しかたっていない状態で、恨《うら》みを買うほどの人づきあいなどしていないのだ。

通り魔的ないたずらだろうと、ごみ箱に放り込みかけたとき、不意にひらめいた。

字も文章も女の子のもの。逆恨みされる心当たりが、ひとつだけある。

里香《りか》ちゃんだ。

大志に近寄る人間はすべて気に入らないらしい偏執的《へんしゅうてき》なファンの彼女は、一昨日《おととい》も僕の言動に憤《いきどお》って、捨て台詞《ゼリフ》とともに立ち去っていった。

僕は対処の仕方に困った。あまり気持ちのいいものではなかったので誰かに相談したかったが、この町で比較的懇意《こんい》にしている相手といったら、当事者の大志くらいしかいない。

どうしたものかと思いながらも、とりあえず訪ねてきてみたのだった。

呼び鈴を押すと、すぐに大志が顔を出した。

「おはようございまーす」

「……言っておくけど、用事があったから寄っただけだよ」

言い訳をして、あがり込んだ。

部屋の真ん中に口の開いた大きめの鞄《かばん》が置かれているのを見て、今日から泊まりの仕事だと言っていたのを思い出した。

「仕事、どこ行くの？」

「北海道。用事ってなに？」

「うん……」

冷静に考えてみると、旅の出先に、こんな気持ちのよくない話を持ち出すのもどうかという気がした。

「いや、大したことじゃないんだ」

僕はさりげなく便箋をポケットにねじ込もうとした。

「それ、なに？」

大志は目ざとく見つけて訊《たず》ねてくる。

「いや、別に……」

「なになに、ラブレター？」

「なんでもないって」

「見せてよ」

子供のようなもみあいの末、結局リーチの長い大志に便箋を奪われてしまった。

一読して、大志は眉《まゆ》をひそめた。

「……これ、どうしたの？」

「今朝、うちのポストに入ってた」

一瞬考え込んだあと、大志はそれを畳《たた》んで自分のポケットにしまった。

「気にしなくて平気だよ」

大志にあっけらかんとそう言われると、そうかなという気がしてくる。

「今朝はベーコンエッグがいいな」

コンロにヤカンをかけながら、大志が当然のような顔で提案してくる。

結局、手紙の件はうやむやになり、済《な》し崩《くず》しに大志の部屋で朝食を食べるハメになった。鬱陶《うっとう》しいの厚かましいのと文句を言いながらも、この十日あまり、なんだかんだとお互いの家を行き来している間に、僕はすっかり大志の存在に慣れていた。

「珍しいね、寝癖《ねぐせ》」

食べ終えた食器をシンクにつけていると、うしろから髪を引っ張られた。

自分でも気付いていたのだが、脅迫状まがいのことで気が急《せ》いていたのと、どうせ大志のところに行くだけだからと、そのまま来てしまったのだ。コンタクトもせず、眼鏡《めがね》のままだし。

十八の頃から誰に対してもそんなふうに気を抜いたことはなかったが、最近大志の前では妙に無頓着《むとんちゃく》になってしまう。

「オレが直してあげるよ。来て来て」

「いいよ、別に。きみはさっさと自分の支度《したく》をしろよ。出掛けるんだろ」

「平気だよ。まだ時間あるから」

洗い物の途中だというのに、無理矢理シンクの前から引き離され、いつもとは逆の立場で鏡の前に座らされた。

鼻歌混じりにムースを手に取り、指先で梳《す》くように髪になじませてくる。撫《な》でられてゴロゴロいう猫の気分がちょっとだけわかる。髪をかきあげる大志の固い指先の感触が、妙に気持ちよかった。

べたべたと触れ合うことが好きではない僕は、目的もなく人に触ったり触られたりすることはほとんどなかった。無造作な接触が、こんなふうに気持ちのいいものだなんて、知らなかった。

部屋に差し込む五月の朝日はぽかぽかで、朝だというのにうっとり眠気がさしてくる。

本当にまぶたが落ちそうになったとき、玄関のベルが鳴った。

「あ、ちょっとムース洗ってくるから、出てもらえる?」

「オッケー」

なんだか昨日と逆のパターン。

玄関を開けて、ちょっとびっくりした。

立っていたのは見覚えのある男だった。洗《あら》い晒《ざら》しのチェックのシャツにジーンズという姿で、どこかくたびれて見えたが、その顔立ちの見惚《みと》れるような美しさは、とても一般人のものではない。

大志の昔の相棒、立花類《たちばなるい》だった。

「あ…大須賀《おおすが》さん?」

大きな目をさらに大きく見開いて、立花類は問い掛けるように首を傾《かし》げた。

「あ、はい」

端整な顔に、ふわふわとした笑みが広がる。

「この間は色紙をありがとうございました」

「いえ、そんな……」

あまりにパーツが整った顔を間近に、思わずどぎまぎしてしまう。

「類？」

背後から大志が驚いたような声をあげた。

「どうしたんだよ。こんな朝から」

「うん。急に顔を見たくなっちゃって。元気？」

「もちろん。そっちは？」

「うん、元気……」

言い掛けた声が小さく震えた。

まるで身投げするような勢いで、立花類は大志にしがみついた。

「類？　どうしたんだよ？　何があった？」

細い身体を抱き留めて、大志が何度も何度も訊ねる。

答えられずに嗚咽《おえつ》をかみ殺している相棒のつむじに、大志は慰《なぐさ》めるようなキスを落とした。

唐突に繰り広げられる光景に、火でも飲み込んだように喉の奥がカーッとなった。

「あ…じゃ、僕はこれで……」

きっと誰の耳にも入っていないであろう間の抜けたあいさつを口にして、僕は玄関を転がり出た。

階段をかけおりながら、耳の奥がどくどくと脈打っていた。

人の感情の高ぶりにすぐに気持ちを乱されてしまうのが、僕の悪い癖《くせ》だった。

いったいあの元アイドルの身に、何があったんだろう。

抱き寄せて、頭のてっぺんに唇をつけた大志の仕草が、繰り返し繰り返し頭のなかでリプレイされる。血の気が引くように、頭の中がぼんやりとした。

「おはようございます」

明るい声に呼び止められた。

顔をあげると《YOSHINO》の窓から鉢植《はちう》え用《よう》の水差しをもった多佳子《たかこ》さんがひらひらと手を振っていた。

家とは反対方向に歩いてきてしまったことに気付いて、自分の動転ぶりにますますうろたえそうになった。

「お出かけですか？」

「あ…いや…コーヒーを飲みたかったんですけど、今日はお休みなんですね」

定休日の札を見ながら、しどろもどろの言い訳をする。

多佳子さんはやわやわと微笑《ほほえ》んだ。

「私もちょうど一休みしようと思ってたところなんです。よかったらつきあってください」

誘われるまま、僕は休日の店内に入った。

「ごめんなさいね。散らかってて」

カウンターの一角には、刺繍《ししゅう》しかけのテーブルクロスが無造作に置いてあった。

「そろそろ夏向きのものに衣替《ころもが》えしようと思って」

「ひまわりですか。可愛《かわい》いですね」

「こんな些細《ささい》なステッチにも、いちいち名前があるんですよ。この花びらの部分がレジーデージー。中心の結び目みたいなのがフレンチノット」

「へえ」

テーブルクロスを隅の方に片付けて、多佳子さんは優美な仕草でたっぷりのカフェオレとあの絶品のスポンジケーキを出してくれた。

「この前はなんだか妙な現場に立ち合っちゃったわね」

カップの湯気を吹きながら、多佳子さんは困ったように笑って言った。

「ああいう一族の中で育ったから、タイちゃんも昔は随分辛《ずいぶんつら》い思いしてたみたい。まだうちの父が存命の頃は、イヤなことがあるとよく父のところに来てたわ」

「……なんか余計なこと言っちゃって。里香ちゃんも気を悪くしてたみたいだし」

「気にしなくていいのよ。里香ちゃんもね、タイちゃんを好きなのはわかるけど、少し独《ひと》りよがりのところがあるから」

店の窓から、大志のアパートの側面が見える。今頃二人はどうしているのだろうか。

「でもよかったですね、一夜さん。タイちゃんの抜糸《ばっし》も済んで、やっと朝のお守《も》り役放免でしょ？」

「あ…ええ。実はさっき、ちょっと用事があって寄ってきたんですけど、急にアイドル時代の相棒が訪ねてきて」

「まあ、類ちゃんが？」

「なんだか大志って日本人じゃないみたいですよね、いきなり相棒にキスしたりして」

なんでもないことだとへらへら笑ってみせながら、自分の口調がどこか動転しているような気がして、焦《あせ》ってしまう。

多佳子さんはカップを置いて、思案げに僕を見た。

「あのね、ヘンなこと訊《き》くけど、一夜さんの恋愛対象って女の子限定？」

「そ、そんなのあたりまえですよ」

何を言い出すんだ、この人は。

「それなら平気だと思うけど……。タイちゃんってそういうのすごくルーズなところあるから
……」

「……ルーズ？」

「恋愛にあまり性別とか気にしないみたい。高校時代も恋愛関係はかなり派手だったたし、コンビ組んでた当時は、類ちゃんとそういう関係だったみたいだし」

なんと答えていいのかわからなかった。

「里香ちゃんもそのあたりのことをなんとなくわかってるから、タイちゃんの身近にいる人間は男女問わず気に入らないんじゃないかしら」

「…………」

「そうはいってもあの通りの人気者だし、本人がまた誰にでも屈託《くったく》なく接するから、独占しようなんて無理な話なのにねぇ」

里香ちゃんの短い手紙の文面を思い出して、僕はなんだか複雑な気分になった。

結局一時間ほど多佳子さんと話をして、日が高くなった道を引き返した。大志のアパートの前を通り過ぎるときだけ、なんとなく歩調が早くなる。

もう出掛けただろうか。立花類はどうしたんだろう。

何にしても、僕が気にすることではなかった。

男を恋愛対象にする趣味などないし、誰にでもいい顔をする八方美人なヤローのことなど、僕には何の関係もない。

帰宅しても、気持ちがくさくさして何もする気にならなかった。そんな自分にまた腹が立って、やみくもにガラス拭《ふ》きをしたり、狭《せま》い庭の草むしりをしたりと、次々にどうでもいい用事を見つけているうちに、日が暮れていった。

棒に振ってしまった一日を――といっても、別に急いでやらなくてはならないことなど何一つないのだが――後悔しながら夕飯を食べているところに、電話がかかってきた。エッセイを書いている女性誌の担当編集者だった。

『連載のエッセイが好評なので、近々創刊する姉妹誌の方にもご寄稿《きこう》いただけないかと思いまして』

仕事の連絡が僕の方に来るというのは珍しかった。マネージメントは原則として君島《きみしま》が担当しているのだ。

『実は大須賀さん個人に、お願いできないかということなんですが』

不思議に思って訊ねると、そんな答えが返ってきた。

それでなんとなくピンときた。

これは君島の差し金だ。平気な顔で仕事をさらっていきながら、きっとなんとはなしに後ろめたさを感じているに違いない。そのことで反感を持たれたり、自分のことを悪く吹聴《ふいちょう》されたりするのを防ぐために、既知の編集者を丸め込んで、アイツに適当な仕事をあてがえとでも頼んだのだろう。

大きなことを言いながらも僕に個人の仕事のあてなどないことを、君島はちゃんと気付いているに違いない。

人を小馬鹿にしつつも、そつがない。君島はそういう男だ。

お断りします、とすげなく言い返したかったが、電話の向こうの編集者の声があまりに感じよかったので、小心者の僕にはとてもそんな格好のいいことはできなかった。

結局「考えさせてください」という婉曲《えんきょく》な断り文句を告げるに止《とど》めた。

……まったくイヤな一日だ。

8

「今日は川嶋大志《かわしまたいし》はいないの？」

部屋の中をぐるりと見渡して、君島《きみしま》は言った。

「……おとといから北海道に行ってる」

「そうか。残念だな。いや、女の子に話したら色紙頼まれちゃってさ」

君島が毎度予告なしにやってくるのは、親しさからではなく、スケジュールの確認などしなくてもどうせ僕はヒマだと侮《あなど》ってのことだろう。昔からそういう奴《やつ》だ。

それにしても、つい四、五日前に来たばかりなのに、いったい何の用なんだろう。

「サインくらい、わざわざ来てくれなくても、大志に頼んで送ってあげるのに」

そんな君島に対して、人気アイドルとの親しさをアピールすることで対抗しようとするなんて、あざといよなぁ、僕も。実際はただの隣人に過ぎないっていうのに。

正直なところ、大志が何かと接近してくることで、自分はどういうわけかあのアイドルに気に入られているらしいと思う気持ちがなくもなかったのだ。けれど一昨日《おととい》目撃した立花類《たちばなるい》とのことと、多佳子《たかこ》さんの話とて、そんな馬鹿げた自惚《うぬぼ》れを抱《いだ》くのはやめにした。所詮《しょせん》は愛想《あいそ》商売のアイドル稼業《かぎょう》なのだ。感じがいいのはあたりまえ。それを好意と勘違いするなんて、ガキじゃあるまいし。

「いや、まあそのことだけじゃなくて、ちょっと用事もあってな」

君島は封筒から原稿の束《たば》とCD－ROMを取り出した。

「このまえ話した短篇のことだけど。ほら、大須賀《おおすが》が忙しそうだから、じゃ俺名義でやってみるかななんて渋々思って、まあ大雑把《おおざっぱ》に書いてはみたんだよ」

渋々？　嬉々としてって感じだったけどな。

「で、昨日編集にも読んでもらって、かなりいい手応《てごた》えだった」

「へえ。よかったね」

「うん。だけど俺としては、やっぱりワンプラ名義で受けた仕事を自分のものにしちゃうってのは、どうも引っ掛かるんだよな。大須賀に対して失礼なんじゃないかって」

どういう風の吹き回しだ。

「僕は別に気にしないよ」

「そっちはそうでも、俺はそういういい加減さって許せないんだ」

……おい。言い出したのはそっちじゃないか。

「まあ、おまえも忙しいだろうけど、ワンプラで引き受けた仕事なんだし、それなりの責任感を持ってもらわないと」

その脈絡じゃ、まるで僕が悪者みたいじゃないか。

君島は悠然《ゆうぜん》とロングピースに火をつけた。

「まあ、編集もあと少しなら増えても構わないって言ってるし。形だけでも手を加えといて欲しいんだけど」

僕はクリップの金具を起こして、ぱらぱらと中身を改めた。

相変わらずト書きのような小説だ。芯《しん》となるプロット部分はきっといつものように見事なものに決まっているが、とりあえず目に付く台詞《セリフ》や描写はあまりにぼきぼきとして、感情移入が難しい。

僕ごときがいうのもなんだが、この状態の原稿に編集者がOKを出すとは思えなかった。

要するに、勝手に仕事を持っていきながら、うまくいかないとなるとその尻拭《しりぬぐ》いを僕に押しつけてくるというわけだ。

なんとなく腹が立ってきた。経緯《けいい》を考えれば君島の方が下手《したて》に出て然《しか》るべき立場なのに、あくまで嵩《かさ》にかかって、こちらのせいのように話を持っていってしまう。

これまでの関係からして、僕が嫌と言わないことを、君島はわかっているのだ。

いっそこちらの洞察《どうさつ》をそのまま暴露《ばくろ》して断ってやろうかと、不穏な思いが一瞬うかびあがってきた。けれどこちらが暴けば向こうも暴き立てて、泥仕合《どろじあい》になるのは目に見えている。

『オレ、見栄《みえ》っぱりな人が好き』

ふと大志の台詞が頭に浮かんだ。

こんな時になんであんな男の口八丁《くちはっちょう》を…と思いはしたが、見栄っぱりを褒《ほ》められたのななんてあれが初めてで、正直、結構嬉しかった。

「これ……」

僕がぼそぼそと口を開くと、君島の手元からボロリと灰が崩《くず》れた。横柄《おうへい》な態度の裏で、君島がやましさを感じているらしいことが、なんとはなしに伝わってくる。

「締切いつ？」

「三日後」

「オッケー。できたら連絡するよ」

余計なことは一切言わずさらりと請《う》け合《あ》うと、君島は明らかにホッとしたふうだった。

「そういえば、ゆうべ高瀬《たかせ》さんから電話あったよ」

ふと思い出して女性誌の編集者の名前を出すと、君島は意外そうな顔をした。

「へえ。何の用？　まさかエッセイが不評だから打ち切るとかいうんじゃないだろうな」

だからどうしてすぐそういう展開になるんだよ。

「そうじゃなくて、新雑誌で大須賀名義で書いてみないかって」

「……へえ」

思いがけないことだという表情だった。それじゃ君島の差し金ってわけじゃなかったのだろうか。

「で、受けるの？」

「いや、まだ考えてるとこだけど」

君島はやれやれという顔で、ため息をついた。

「まったく高瀬さんもなぁ。この前電話で打ち合わせたとき、新雑誌の穴埋《あなう》めエッセイに誰か使い易《やす》そうな新人はいないかとか言ってたけど、結局大須賀のとこにもってったわけか。その流れで言ったら、大須賀が穴埋めの新人ってこと？　失礼だよな、あの人も」

……むちゃくちゃヤな感じ。

さらに帰りぎわ、君島はなにげない顔で言ってきた。

「あのさ、『幾千夜《いくせんや》』に映画化の打診がきてるって話、したっけ？」

「いや、初耳」

「で、その主役の候補に川嶋大志の名前もあがってるらしいぜ」

「へぇ」

「それ聞いて、この間ここでヤツに会った理由がピンときたよ。まったく川嶋もセコいっていうかさ」

言わんとすることがだんだんわかってきた。要するに、大志がここに入り浸《いびた》っているのは、ワンプラの片割れに取り入って、主役の座を手にするための方策だってことなのだろう。

それ以外の目的で、川嶋大志ともあろうものが僕ごときに近付くはずはない、と。


文章はともかく、君島のプロットは相変わらず冴えていた。一通り原稿に目を通したあと、書き足す箇所に大雑把《おおざっぱ》に赤を入れ、すぐにパソコンの電源を入れ、CD－ROMのデータを立ち上げた。

大志が留守だと、もうこの家には訪ねてくる人間のあてなどなかった。静かな家の中で、僕はひたすらカタカタとキーボードを叩き続けた。

全体の校正と十数枚の書き足しに、丸二日を費やした。短い睡眠をとる間も、頭の中にはずっと小説のシーンが浮かんでいて、目が覚めるとすぐに続きを再開した。

あれこれ考えることから逃避しているだけかもしれないと思いながらも、久しぶりの仕事は悔《くや》しいほどに楽しく、熱中した。

書き割り的な人物に命を吹き込んでいくのはいつもながらわくわくする作業だった。

君島がほとんど頓着《とんちゃく》しない季節の描写も、僕の好きな仕事だ。

主人公がポケットにナイフを忍ばせて夜道を歩く最後のシーンに、人家《じんか》の庭先でゆれる月下《げっか》美人《びじん》の描写を入れて、原稿は出来上がった。

パソコンの電源を落とすと、部屋の中は真っ暗だった。

何かにのめり込んでいたときの常で、時間の感覚がなんとなくおかしかった。君島が来たのは昨日の午前中で、それから一日半、ろくに食事もとらずにパソコンに向かっていたことになる。

原稿明けの浮《う》き世《よ》離れした気分から日常に戻るときの習慣で、明かりのかわりにテレビをつけた。

いきなり大志の顔がアップになって、思わず仰《の》け反《ぞ》ってしまう。

大志が主演している連続ドラマだった。元々あまりテレビを見ない僕は、知り合う以前も以後も大志の番組をほとんど見たことがなかった。

ストーリーなどちんぷんかんぷんなまま、僕は畳《たたみ》に座ってそのドラマをぼんやり眺《なが》めた。

どうやら銀行の一支店を舞台にした、軽いラブストーリーらしい。

ラフな普段着姿しか見たことのない僕には、スーツ姿の大志は別人のように見えた。スリムな濃紺のスーツが憎らしいほどよく似合う。かっこいい。

大志の相手は、松井《まつい》えみが演じる同じ支店の先輩のようだった。給湯室でなにやら揉《も》めだした二人は、やがてどちらからともなく相手の身体に手を回して、キスを始めた。

脱水機にかけられたみたいに、心臓がぎゅっとなった。

重なった唇とか、触れ合った毛先とか……。女優の細いウエストに回された大志の陽に焼けた手とか……。

見ているだけで全身がそそけだって、耳鳴りのようないやな感じがした。

ドラマのワンシーンに、なんでこんな嫉妬《しっと》みたいな感情を……。

いや、ドラマであろうとなかろうと、そもそも嫉妬するいわれなどないはずで……。

けれど、数日前に類《るい》とのスキンシップを見たときにもひどく動揺《どうよう》したことを思い出して、茫《ぼう》然《ぜん》となった。

まさか同性相手に恋愛感情などであるはずがなかった。とすれば、これは独占欲なのだろうか。

人気アイドルに親しみを示されて、鬱陶《うっとう》しいと思いながらも、心のどこかで僕はいい気になっていたのかもしれない。

考えてみれば、子供時代は親や教師に可愛《かわい》がられる出来のいい奴《やつ》らに羨望《せんぼう》を覚え、今の仕事を始めてからも、すぐに編集者に気に入られる君島がひたすら嫉《ねた》ましかった。

要するに、僕の中には人から顧《かえり》みられないことに対する根深いコンプレックスがあって、大志はその部分をうまく刺激する存在だったのだと思う。

「なんでこんな暗い部屋でテレビ見てるの？」

唐突に。背後から囁《ささや》きが降ってきた。

「ぎゃーっ!!」

心臓が頭のてっぺんまで跳ね上がる。僕は畳の上を飛びのくようにあとずさった。

テレビが明滅《めいめつ》する闇のなか、大志がおかしそうな顔で屈《かが》んでいた。

「ただいま。すげーリアクションだね」

「お…おかえり……」

……って呑気《のんき》にあいさつしてる場合じゃない。いったいどこから涌いて出たんだ!?

「よかった。何かあったのかと思ったよ」

大志は笑いながら、腰を抜かしている僕の手を引っ張りあげて居間のソファに誘導した。

「通り掛かったら家ん中真っ暗なんだもん。留守なのかとも思ったけど、玄関の鍵《かぎ》は開いているし。具合でも悪くて倒れてるのかと思っちゃったよ」

「いや…今、ちょうど仕事が終わったところで……」

「原稿?」

「うん。やっぱりワンプラ名義でやらないかって、昨日ここに来て、この間の原稿だけど、あ、君島が……」

動転するあまり、言ってることが我ながらめちゃくちゃだったけれど、大志は鹿爪《しかつめ》らしい顔でうんうんとうなずいている。

「で、引き受けたんだ?」

「……勝手に仕事持っていって、出来ないとなると押しつけてくるってのもバカにした話だなあとは思ったんだけど」

「そうだよな」

「でも、悔しいけどプロットはめちゃめちゃ面白《おもしろ》いんだよ。読んだら夢中になっちゃって。昨日からずっとぶっ通しで書いてたんだ」

「へえ。じゃ、ワンプラはこの先も存続していきそう？」

「それは……。どうなんだろう。まだよくわからないけど。でも書く仕事はずっとしていきたいなぁって思った。もっとも独立したら書くことで食べていくなんてムリだと思うけど」

……なんでこんな話を大志にしてるんだろう。

「そんなことないよ。それに、もしダメなら、やっていけるようになるまでオレが食わしてあげる」

「…………」

「で、オレが落ちぶれる頃には、一夜さんが大物になってオレを食わしてね」

他愛《たわい》ない冗談に、胸がドキドキと湿り気を帯びた痛みを訴《うった》えた。

「北海道、どうだった？　おいしいもの食べた？」

僕は話題をすり替えた。

「それがほとんどロケ弁ばっかり」

「なんだ」

「でも、すっげー空が青くて、気持ちよかった。今度一緒に遊びに行こうよ」

また始まったよ、口八丁。心にもない誘い文句なんか言っちゃってさ。

テーブルの上に、君島が忘れていったロングピースがあった。手持ち無沙汰《ぶさた》に一本抜き出して火をつける。大志がじっとこっちを見ていた。吸いたいのかと思ってボックスをかざすと、かぶりを振る。

「一夜さん、煙草《たばこ》吸うんだ」

「たまにね、それも夜だけ」

煙が紫色の渦《うず》を巻いて、リボンのように部屋の中を流れていく。

大志が小さく笑った。

「あの台詞、一夜さんが書いたんだね」

「あの台詞？」

「吸いさしの煙草の火口《ひぐち》が、人の住んでるあたたかい家みたいに見えるって、『幾千夜』にでてくる女の子が言うところあるでしょ？」

「……よくそんな細かいこと覚えてるね」

確かにそれは、僕が書いた箇所だった。

「わかるって思ったんだ。オレも夜になるとコソコソ庭で煙草を吸うガキだったから。煙草の火口って明るいところで見るとただの白い灰にしか見えないのに、暗闇で見るとすごくきれいだよね」

僕の指先で、煙草の先端はオレンジ色のあたたかい火の色をしていた。

「同じようなこと考える人がいるんだなぁって、ちょっと嬉しかった」

口八丁、口八丁。

呪文《じゅもん》のように唱《とな》えながらも、大志の言葉はなんだか胸にしみ込んでくるのだ。ペースにのせられまいと視線をそらすと、テレビの中でもスーツ姿の大志が夜の川べりで煙草を吸っていた。

「オレのドラマ見てくれてたなんて知らなかったなー」

「今日初めて見たんだよ。たまたまつけたらやってたんだ」

「そうなの？　なんか暗闇で食い入るように見入ってるから、ちょっと声かけがたかったよ、さっき」

ちょうどキスシーンのところだ。間抜け面《づら》を見られていたことを思い出して、決まり悪さに顔が熱くなってくる。

「俳優って役得だよなって思ってたんだよ。松井えみとキスできるなんてさ」

「なんだ、えみのファンなの？」

「……別に特別ファンとかじゃなくても、男だったら普通羨《うらや》ましいって思うさ」

「ふうん」

大志は笑いながら手をのばしてきた。僕の右手から吸いさしの煙草を無造作に取り上げて、灰皿でもみ消す。

「じゃ、松井えみと間接キス」

「え……？」

状況を把握《はあく》する隙もなく、大志の身体が覆《おお》い被《かぶ》さってきた。

毛先が頰に触れる。脇腹に添えられる固い手。ふわりと掠《かす》めるやわらかい唇。

「なっ……」

何をしやがる、とはねのけたいのに、脇腹で小さく上下する手の感覚に神経を奪われて、声すら出ない。

「えみちゃんのキスのご感想は？」

感想もなにも……。

身を起こそうとすると、さらに強くソファの背もたれに押さえ込まれた。

「それじゃ、今度は川嶋大志と直接キス」

今度は触れるだけのキスではなかった。唇を甘噛みされ、背筋をぞくりと震えが走る。

「口、開けて」

「やめ……」

喋《しゃべ》ろうとしたとたん、親指が歯列《しれつ》を割った。半開きで固定された口の中に、熱を帯びた舌先が侵入してくる。

目の奥と心臓に、熱い火の玉を埋《う》め込《こ》まれたみたいな痛みが走った。

僕の舌は逃げ場をなくして、すぐに大志の舌先に絡めとられた。舌と舌が触れる非日常的な感覚。逃《のが》れる隙も、息をつく隙もないような、密度の高いくちづけに、頭がヘンになりそうだった。

押し返そうとした舌先を、逆に大志の歯でやわらかく噛まれて、身体がびくんと跳ね上がる。

身体中が熱を帯び、腰から力が抜けていく。

今「死ね」と言われたら、何の疑問ももたずに死んでしまいそうな、悪いクスリのようなキスだった。

もう何の抵抗もできなくなった頃、ようやく大志が身体を起こした。

「ごめん。怒った？」

熱を帯びた静かな目が、上からじっと見おろしてくる。

大志が何か言おうとしたとき、無機的な電子音が鳴り出した。

大志は小さく舌打ちして、ポケットから携帯を取り出し、ディスプレイを確認してから耳にあてた。

「……ああ、多佳《たか》ちゃん？　……いや、今、一夜さんとこ。……うん、今寄るから」

短いやりとりで通話を切ったあと、大志は茫然《ぼうぜん》と座り込んでいる僕のところに戻ってきた。

「明日の朝も、ちゃんと来てね」

「……抜糸《ばっし》が済むまでって約束だった」

もはや口先ばかりの抵抗を試みると、大志は僕の指先を握《にぎ》って、ちょっと笑った。

「類がね、この前おかしなとこ見られちゃったから、ちゃんとあいさつしたいって言ってるんだ」

もはや思考力など何一つ残っていなかった。

いったいどういう意図《いと》のキスだったのか。

考えても、何も思いつかない。

9

　別に大志《たいし》に会いに行くわけじゃない。類《るい》くんがあいさつしたいって言ってくれてるのに、行かなかったら失礼だし。

　頭の中で言い訳を並べながら、朝の道をとろとろ歩いた。

　昨夜はよく眠れなかった。なんだか自分の顔がいつもと違うような気がして、何度も何度も鏡に映《うつ》して確かめた。

　いったいどうして大志があんなことをしてきたのか、考えるとぐるぐるしてくるし、逆にあんなことをされてもこうしてのこのこ足を運んでいる自分は何なのかと考えると、ますます混乱してくる。

　思考が定まらないまま大志のアパートの前まで来ると、反対方向から歩いてきた立花《たちばな》類とばったり鉢合《はちあ》わせた。

　僕の姿を認めると、類くんは大きな目をしばたたいてふわりと笑った。

「おはようございます」

見覚えのあるボーダーのTシャツを着て、コンビニの袋をぶら下げている。

「先日は失礼しました。変なところをお見せしちゃって……」

「いえ……」

「ちょっと大志に相談したいことがあって来たんですけど、顔見たら、なんか気がゆるんじゃって」

気恥ずかしげに目を伏せて、Tシャツの胸元を指先で直す。見覚えがあると思ったのも道理だった。大志のTシャツだ。

服を借りているということは、大志が留守の間、ここに泊まっていたのだろうか。

頭の中にぼんやりと多佳子《たかこ》さんの言葉が浮かんできた。

『コンビを組んでた当時は類くんともそういう関係だったみたい』

「……大志と、つきあってるんですか？」

自分でもぎょっとするような唐突な問い掛けが口をついて出た。

類くんは当惑《とうわく》したように目を見開いた。

「ええと…それはどういう意味ですか？」

「あ…いや、すみません、なんでもないです」

いきなり何を言ってるんだ、僕は。

「友人づきあいっていう意味なら、もちろんつきあってるけど……」

「すみません、そうですよね、男同士でそんな……、失礼な質問を……」

「いえ、僕も大志もそういうのこだわりないから、男同士だからダメとかいう理由じゃないですけど」

こだわりないって……。

「でも、大志とはただの友達です。僕は友達少ないから、大志はすごく大切な存在で…でもそれだけですよ。何か誤解させてしまったらすみません」

「そ、そんな…別に…」

リアクションに困っておたおたしていると、類くんはコンビニの袋を掲《かか》げてみせた。

「大志のとこ、お客さんだから買物を口実に席を外してたんです。でももう用事が済んだかも」

のこのこやってきてはみたものの、昨日の今日でどんな顔をして大志に会えばいいのかわからなかった。

用事を思い出したから帰ると言おう、と、タイミングをはかっているうちに、結局五階までのぼってきてしまった。

「あ、鍵《かぎ》あいてる」

類くんがドアを開けて、僕を中に促《うなが》した。

一歩踏み込んで、二人で固まってしまった。

上半身裸の、大志の背中が目に飛び込んできた。床に腹ばいになって、女の子の上にのしかかっている。

大志の首に回された白くて細い腕。裾《すそ》のまくれあがった刺繍《ししゅう》のエプロン。僕たちの気配に気付いて、多佳子さんが首を動かした。

「あ…ごめん、おじゃましました」

「大須賀《おおすが》さん！」

呼び止める類くんの声を無視して、僕は階段の方に戻った。

数日前にも似たような状況でこの階段を降りたことを思い出す。なんだか滑稽《こっけい》だった。

もはや何がどうなっているのかわからない。

いったい誰の言うことが本当なのか。どの出来事を信じればいいのか。

そして……。いったい自分が何にこんなショックを受けているのか、できることならそれもわからないふりをしたかった。


ここしばらくの晴天ですっかり乾燥《かんそう》してしまった庭に水をまいていると、表に車の止まる気配がした。

「一夜《いちや》さん、こっち？」

大志の声。玄関から、庭の方に回ってくる。

「ねえ、水まきってホントは夕方した方がいいって知ってる？」

今さっきのことも、ゆうべのことも、何もなかったように大志は飄々《ひょうひょう》としている。

僕が黙っていると、おもねるように横にしゃがんで顔を覗《のぞ》き込《こ》んできた。

「あのさ、ちょっと話がしたいんだけど、今、時間ないから、今夜寄ってもいい？」

「……エッセイの締切で忙しいんだ」

「じゃ、仕事が終わるまで待ってるからさー」

「今日中には終わらないよ」

「ちぇっ。じゃ明日は？」

邪気のなさに腹が立った。

あれこれの思いが、喉元まで膨《ふく》れあがってきていた。

さっきの多佳子さんとのあれは何なのだ？

昨日のあの強引なキスはどういうつもりだ？

問《と》い質《ただ》したい気持ちに駆られながら、けれど感情的になってそんなことを訊《き》くのは、ひどく格好が悪くてみじめな気がした。

「そうそう、明日っていえばリサイクルリレーだけどさ、一夜さんも参加しようね」

「……そういう面倒臭《くさ》いのキライだって言ってるだろ。きみだって仕事があるくせに」

「ちゃんと有給とってあるもーん」

「ゲーノージンに有給休暇があるのか？」

「まあいいじゃん。それに、実は一夜さんもうメンバーに組み込んじゃってあるんだ」

「なんだよ、それ」

ごくあたりまえの受け答えをしている自分の変な見栄が、どうにもこうにも間抜けだった。

表でクラクションが鳴った。

「じゃ、とりあえず明日ね」

さらりと言って、大志は出掛けていった。

消化不良の気分は益々《ますます》悪化していた。やけくそになってゆすらうめの根元に水をあびせかけていると、玄関の方からかすかに人の声がした。

大志が戻ってきたのだろうか。

蛇口を締めて、玄関に回った。

立っていたのは類くんだった。さっきとは違って初めて会った時に着ていたチェックのシャツとジーンズの姿で、肩から鞄《かばん》をさげている。

「たびたびすみません。今、忙しいですか？」

「いえ、水まきしてただけですから」

「これから東京に帰るんですけど、ちょっとそこまでつきあってもらえませんか」

繊細《せんさい》な面差《おもざ》しで微笑《ほほえ》みかけられて、僕も笑顔を取り繕《とつくろ》ってうなずいた。

「ちょっと待っててください」

水まきのためにめくりあげておいた袖《そで》をきちんと直し、靴《くつ》もきれいなものに履《は》きかえて表に出た。

通学・通勤の時間帯を過ぎて、住宅街の細い道はのどかにがらんとしていた。

「この風景、小学生の頃、早退《はやび》けしたときのことを思い出すな」

はるか上空を旋回する鳶《とんび》を見上げながら、類くんがぽつりと言った。

「あ、わかる。毎日歩いてる通学路なのに、いつもと違う時間帯に通ると妙に森閑《しんかん》として、なんだか違う場所に迷い込んじゃったようなやましい気分になるんですよね」

「そうそう。なにかそういう懐《なつ》かしさを喚起《かんき》させる町ですよね。いいところだなぁ、ここ」

「引っ越してきませんか？　家賃がべらぼうに安いですよ」

冗談めかして言うと、類くんは小さく笑った。

「ホントに引っ越しちゃいたいくらいですけど、なかなかそう簡単には、ね」

「そうですね。仕事の都合とかもあるだろうし」

「そうじゃなくて」

山吹《やまぶき》の黄色い花に手を触れて揺らしながら、類くんは淡々と言った。

「今住んでるアパートのすぐ近くに、好きな人の家があるんです。だから離れがたくて」

僕はちょっとびっくりして、類くんをまじまじと見つめてしまった。

「ばかみたいでしょ、そんな理由」

「いや……類くんにそんなに想われてるなんて、幸せな人ですね」

類くんはデイパックを担《かつ》ぎ直《なお》して、くすくす笑った。

「その人は僕のことめちゃめちゃ嫌ってます。僕の存在なんて、嫌悪と迷惑の対象でしかなくて……。でも好きなんです。自分でもバカだなぁって思うけど」

自嘲的《じちょうてき》な笑い顔があまりにも痛々しくて、僕はどう返せばいいのかわからなくなった。会ったこともない類くんの思い人に腹立たしさを覚えた。

「あ、ここです」

児童公園の前で、急に類くんが足を止めた。

「……ここ？」

意味がわからず視線を向けると、ブランコに多佳子さんが座っていた。僕たちが近付いていくと、ゆっくりと顔をあげた。

「僕には詳《くわ》しい状況はわからないけど、彼女が大須賀さんに謝りたいっていうから」

類くんがやんわりと間に入る。

目が合うと、多佳子さんはすぐに視線を伏せた。

「ごめんなさい」

「え……？」

「手紙、私が出したんです」

一瞬、意味がわからなかった。

……手紙ってあの脅迫状《きょうはくじょう》まがいの？

「そのことをタイちゃんにたしなめられて。それで一回だけキスしてくれたら、もうしないからって、さっきせがんで……」

さきほどの光景が、頭のなかにフラッシュバックした。

「タイちゃん、ゆうべも一夜さんのところにいたでしょう。前は仕事帰りによく店に寄ってくれたのに、最近は朝も晩も時間があれば一夜さんと一緒で……」

「…………」

「タイちゃんが昔からワンプラスワンのファンだったのは知ってるけど、一夜さんが越してきてからは単なる小説のファンって感じじゃなかった。二人が一緒にいるの、すごく楽しそうだったわ。いつか一夜さんにタイちゃんをとられるんじゃないかって、怖かった。そうなる前に一夜さんがこの町から出ていってくれたらいいのにって、本気で思ったの」

「大志は、だけど誰に対してもあんなふうに気さくな感じだし。別に僕にだけどうこうってわけじゃ……」

「ホントにそう思う？」

多佳子さんの目が、じっと僕を見上げてきた。

「一夜さんより私の方が、タイちゃんのことよくわかってるわ。ほんの子供の頃から知ってるんだもの。おうちの中のあれこれでタイちゃんが悩んだり傷ついたりしてる時は、私も一緒に苦しんだわ。こんな有名人になっちゃうずっと前から…里香《りか》ちゃんみたいなファンの女の子や、知り合ってたった二週間の一夜さんなんかよりずっと前から、タイちゃんのこと知ってる。ずっと見てた。ずっと好きだった」

「…………」

「でも、だからってあんな脅迫状みたいな手紙を出したり、タイちゃんが恋愛関係にだらしがないみたいな作り話を吹き込んで牽制《けんせい》しようとしたのは、卑怯《ひきょう》なことだったと思う。ごめんなさい」

うなだれるように頭を下げられて、うろたえてしまう。

「そんな。別にたいしたことじゃないですよ。それに、大志と僕は別にそんな勘繰《かんぐ》るような関係じゃないし」

多佳子さんの透明な目が、糾弾《きゅうだん》するように僕を見た。

「たいしたことじゃないですか？」

「あ…いや……」

「一夜さんていつもきれいな場所にいるのね」

「え？」

「汗もかかず、手も汚《よご》さず、超然と構えてる」

超然などという単語は、僕から一番遠い言葉だった。

けれど、だからこそ超然とみせかけようと見栄《みえ》ばかり張ってきたのは事実だった。

ちょっとぶらぶら歩きませんかと誘われただけで、きちんと袖口のボタンを留めて、靴まで履きかえて出てくるような、常に体裁《ていさい》を気にするようなところが、多分に内面に関してもあるのだと思う。

みっともない思いをしないために精一杯の虚勢を張って、内心はいつもぐるぐるしているくせに、君島《きみしま》の前でも大志の前でも、多分多佳子さんの前でも、取り澄ました顔を作って。

「大志のこと好き？」

多佳子さんは真っ正面から言った。同じようなことを、さっき僕は類くんに訊《たず》ねたばかりだった。さぞや答えに窮《きゅう》しただろうと、今更《いまさら》ながらに思った。

多佳子さんの真っすぐな目と、類くんの困ったような目にじっと見つめられて、困惑しながら視線を逸《そ》らした。

「好きも嫌いも、別にそんな関係じゃないし……」

頭のなかを昨夜のキスの記憶がひらりと過《よぎ》る。

「一夜さん、本気で誰かを好きだって思ったことある？　誰かを騙《だま》しても、傷つけても、どんなにみっともなくて恥ずかしい思いをしても、それでも手に入れたいって思ったことある？」

「…………」

「好きじゃないなら、タイちゃんの気持ちを持っていかないで。自分は悪くないみたいな涼しい顔で攫《さら》っていかないでよ」

僕には何も言えなかった。

「……ごめんなさい。勝手なことばかり言って」

小さな声で言って、多佳子さんは足早に立ち去っていった。

「キツいなぁ。でも気持ちはすごくわかるけど」

類くんがぼそりと言った。

本当に僕には何も言えない。君島と美友紀《みゆき》の関係を知ったときにも、取り返そうなどとは微《み》塵《じん》も思わず、いかに自分が恥をかかずに事態を収拾できるか、そればかりを考えていた。

仕事のことに関してもそうだ。君島の言動に理不尽《りふじん》さを感じても、余計なことを言ってかえってコンプレックスをさらすことになるよりは、俗なことには興味はないという素振《そぶ》りで飄《ひょう》々《ひょう》とした自分を演じていたかった。

「あの、僕が口出すのもなんだけど、きっと彼女も今はすごく感情的になっちゃってると思うし、あまり気にしない方がいいですよ」

類くんがとりなすように言ってくれた。

「ありがとう。でも、本当に多佳子さんの言う通りなんです。僕はずっと体裁ばっかり気にしてて、見栄も外聞《がいぶん》もなく何かを手に入れようと思ったことなんてなかった」

類くんはやさしい顔でふわふわと笑った。

「それは違うと思うな」

「え？」

「性格的なものももちろんあると思うけど、それだけじゃなくて、多分大須賀さんはそこまでして手に入れたいものに巡《めぐ》り合《あ》ったことがなかったんですよ」

「……そうなのかな」

「うん。僕もそうだったから、わかります。本当に欲しいものを見付けたら、理屈なんて関係ないですよ。まわりの音なんて聞こえなくなっちゃうもんです」

類くんはデイパックを担ぎ直して、小さく首を傾《かし》げた。

「でも、彼女の言ってたこと、ひとつだけ間違ってましたね。大須賀さんと大志が初めて会ったのって、二週間前じゃなくて四年前ですよね？」

「……え？」

「あ、覚えてないか。僕たちはまだ全然無名の新人で、先輩のバックで踊ってただけだったからな。テレビ局でサインしてもらったことがあるんですよ。ミステリの新人賞とった直後、テレビのインタビュー番組かなにかに出られたでしょう？」

テレビ局の食堂でサインをせがまれた記憶はおぼろげながらあった。あの少年が大志と類くんだったとは、まったく思いもよらなかったけれど。

「じゃ、僕はこれで。お仕事頑張ってくださいね」

類くんは小さく会釈《えしゃく》した。

「そちらも、頑張ってください」

類くんは切なそうに微笑んだ。

その表情に、僕までなんだか切なくなった。

10

「わーっ！」

湿った木の根に足をとられ、僕はずるずると斜面に尻餅《しりもち》をついた。

里香《りか》ちゃんが仏頂面《ぶっちょうづら》で軽蔑《けいべつ》したように見下ろしてきた。それでも僕が立ち上がって体勢をたてなおすまで「資源ゴミ」の袋を持ってくれている。

このところずっと晴天続きだったのに、どうして今日に限って雨が降ったりするんだ。しかも、いっそ土砂降《どしゃぶ》りになってくれればいいものを、中途半端なしとしと雨だものだから、リサイクルリレーはお流れにはならなかった。

まあ、参加しないと言い張ればそれで済んだところを、朝誘いに来た大志《たいし》に黙ってついてきたのだから、ぐだぐだ文句を言えた筋合いではない。椿《つばき》くんが一緒だったので、あれこれ言えなかったということもあるのだが。

リレーには全部で二十の地区が参加している。駅前をスタートして繁華街を抜け、ハイキングコースになっている城跡の山を登っておりて、河川敷《かせんしき》にゴールが設《もう》けられている。

ゴール地点では婦人会の人たちが、バーベキューの準備をしているということで、多佳子《たかこ》さんはそっちに加わっているようだった。昨日の今日で、顔を合わせてもお互い気まずそうなので、いきなり鉢合《はちあ》わせせずに済んだことに、正直ほっとしていた。

走者は二人一組になって、それぞれに可燃ゴミと資源ゴミの袋を持ち、たすきのかわりにそのゴミ袋をリレーしていく。そうして、ゴールの順位とゴミの重量を加算して、順位が決められるということだった。

当然、走る順番が後《あと》になるほど、ゴミ袋が重くなって往生《おうじょう》するはめになる。くじ運の悪い僕はラストから二番目の第九走者を引きあててしまった。しかもペアを組む相手は、どうにも苦手な里香ちゃんだ。

それでも山をくだるコースだから楽だと思ったのだが、とんだ思い違いだった。ハイキングコースは雨でぬかるみ、ただ歩くだけでも大変だった。

別に僕だけが間抜けなわけではなく、まわりじゅうから悲鳴があがって、みんな滑《すべ》ったり尻《しり》餅《もち》をついたりしている。まあ、それで危険が生じるほどの急斜面でもなく、むしろそんな滑稽《こっけい》さがイベントのお祭りムードを陽気に盛り上げていた。

参加者の年代も様々で、木の下に座って一休みしている熟年ペアもいれば、体力をもてあまして木登りまで始める中学生もいる。ルールも案外いい加減で、二人どころか五人くらいのグループで走り回っている小学生もいる。

「足、早いね」

ただ一人、転びもせずに黙々と走っては缶やペットボトルを拾っていく里香ちゃんに、黙っているのも気が重くて声をかけた。

「鍛《きた》えてたから」

無視されるかと思ったが、無表情ながら返事が返ってきた。

「へえ。なにかスポーツやってたの？」

「スポーツっていうか。万引き見つかった時とか、逃げ足が勝負だったから」

……おいおい。

「あ、別に今はやってませんよ」

里香ちゃんは唇の端をちょっと引き上げた。笑った顔って初めて見た。

「私、ウィザーズのおっかけしてたの」

珍しく、口数多く喋《しゃべ》ってくれる。

「テレビ局で出待ちしてたときに、誰かがいたずらで石を投げたんですよ。で、その場に居合わせた警備員がたまたま私の顔知ってて。別の場所でその警備員に万引きを見つかったことがあったから。それで、またおまえかって犯人呼ばわり。そのとき大志さんが助けてくれたんです」

記憶を辿《たど》るように里香ちゃんは言葉を切った。

「移動でめちゃめちゃ急いでたのに、ファンの子たち掻《か》き分《わ》けて、警備員の手から私を引《ひ》き剝《は》がしてくれて。この子じゃない、ちゃんと見てたからって、証言してくれたの」

「そのまんまドラマみたいだね」

「ホントにそんな感じ。そしたらその警備員がね、私の正体をバラしちゃったの。こんな不良娘を庇《かば》うことないですよ。万引きとウリの常習犯なんだからって」

「…………」

「私ね、万引きとか、男の人と寝てお金もらうのって、友達と自慢しあってたくらいで、悪いことだなんて全然思ってなかったんです。でも、大志さんの前でそれ言われたとき、めちゃくちゃ恥ずかしかった。もう死んじゃいたいくらい」

そうだろうな。憧《あこが》れの相手の前でそんな悪癖《あくへき》を暴露《ばくろ》されたら、居たたまれない気分だろう。

「せっかく庇った相手がそんなので、庇うんじゃなかったってきっとムカついてケーベツしてるだろうなって思った。それなのにね」

里香ちゃんは俯《うつむ》いて、空缶を拾いあげた。

「大志さん、私に頭を下げたんです。ごめんなさいって。自分が関係してることで、警備員が失礼なことを言ってごめんなさいって。過去に何をやったかなんて関係ない、とにかく今のはきみじゃなかったって」

「…………」

「大志さん、あとであれは人気取りの演技だよなんて自分で茶化して笑ってた。そばに芸能記者がいたから、ちょっとカッコつけてみただけだって。でも、私にとってはすごいことだった」

「……うん」

「自分がどんどんダメになってるのはわかってて、でも全然やり直すタイミングを見失っちゃってた時だったから。家族とか周りの人からも、あいつはクズだみたいに思われてて、やってないことまでやったって疑われたり、たまにまともなことしても、何か裏があるんじゃないかとか思われたり……。もうそうなると、ちゃんとしようっていう気力も全然なくなっちゃうんですよ。もうどうでもいいやって」

「うん、わかる」

「そんなときに、大志さんが私みたいな人間に頭さげてくれて。この子はやってないって断言してくれた。すごく嬉しかったの」

里香ちゃんは静かな声で言った。

「それから、万引きもクスリも売春《ウリ》も、一回もしてないわ。大志さんに知られて恥ずかしいことは、しないって決めたの」

今まで話をする機会がほとんどなかったけれど、話してみれば里香ちゃんはこんなふうに健《けな》気《げ》な子なのだ。あの手紙を見ていきなり里香ちゃんを疑ってかかった自分が恥ずかしくなった。

「大志もすごいけど、それってやっぱり里香ちゃんに立ち直りたいっていう気持ちがあったんだと思うな」

「私？」

「万引きとか、全然悪いことだと思ってなかったって言ったけど、ホントはちゃんと思ってたんだよ」

「思ってなかったわ。そんなことに罪悪感なんか全然感じないサイテーな人間だったもん、私」

「そんなことないよ。意識してなくても、心の奥底ではちゃんと思ってたんだよ。例えば、溺《おぼ》れてる人に浮き輪を投げても、相手がそれに気付いて自発的につかまらなかったら助からないでしょ？　里香ちゃんには、ちゃんと助かりたいっていう意志があったんだよ」

里香ちゃんは何度か瞬《まばた》いて、ふっと笑った。

「さすが作家さん、その喩《たと》えはすごくわかりやすいわ」

褒《ほ》めてもらったとたん、またもゆるんだ泥《どろ》にずるりと足をとられた。

「わーっ」

「ちょっとー、何度転べば気が済むんですか。もー、やんなっちゃうな、こんな人と組まされて」

「ごめん」

「……でも、今日はちょっとだけ大須賀《おおすが》さんのこと見直しました」

「え？」

「なんかスカしててヤなヤツだなって思ってたんです。こんな田舎《いなか》の町内行事なんて、それもこんな雨の日に、絶対参加しないだろうって思ってた」

「…………」

「それがのこのこ出てきて、たかがこの程度の坂で転びまくってカッコ悪くて」

悪かったな。

「もっとカッコいいヒトかと思ったのに、全然パッとしなくて、ホッとしました」

それっていったい褒めてるのか貶《けな》してるのか。

けれどそれで珍しく里香ちゃんが冗舌《じょうぜつ》になってくれたのなら、それはそれでプラスなことなのだろう。

湿った地面に尻餅をついた格好で、里香ちゃんの小馬鹿にしたような笑顔を見上げながら、ちょっと大志が羨《うらや》ましかった。その存在や言葉が、こんなふうに誰かの心を揺り動かして、支えになっているのは、すごいことだ。

「ちょっとさー、何でそんなとこで休憩《きゅうけい》してるんだよー」

坂の下から、椿くんが声をかけてきた。すでに二区を走り終えている椿くんは、有り余る体力で伝令にきてくれたらしい。

「タイちゃんたち、待ち兼ねてるよ。このままじゃビリになっちゃうよー」

「まずい」

僕は慌てて立ち上がった。「資源ゴミ」の袋をサンタクロースのように担《かつ》いで、坂をくだりきるまでにまた二回ばかり転びそうになった。

大志の参加を聞いてか、それとも元々盛り上がりのある行事なのか、沿道には応援の見物人が結構出ている。声援を浴びながら、三人で中継地点まで全力疾走《しっそう》した。

雨降りで結構気温は低いのに、全身汗だくだった。こんなふうに汗をかくのも、息があがって喉の奥がひりひりする感覚も、ずいぶん久しぶりのことだった。土の上に降る雨の匂《にお》いをかぐのも、考えてみれば久しぶりだ。

アンカーは大志と近所のコンビニの店長だった。

「一夜さんたち、座って休んでたんだよー」

椿くんがいたずらっぽく告げ口する。

「なんだ、じゃ、まだ余力あるよね？」

大志は僕と里香ちゃんの腕をつかんで強引にひっぱる。

「なにするんだよ」

「もう一区間一緒に走ろ！」

「やだよ、もう疲れた」

「どうせ最後はみんなゴール地点で集まるんだから、同じことだよ」

いい加減なリレーだよな。よくよく見れば、仮装行列みたいな扮装《ふんそう》をしたグループもいたり、犬まで一緒に走っていたり。

促《うなが》されるまま、かなり真剣に走ったものの、結局僕と里香ちゃんは疲れ果てて途中で脱落してしまった。

沿道の人たちと一緒にだらだら歩きながらゴールに辿《たど》りついたときには、もう表彰式が始まっていた。

僕たちの地区は七位という面白《おもしろ》くもおかしくもない半端な着順だった。まあみんな順位なんかどうでもいいという感じだけど。

ビールやジュースが配られ、河川敷にバーベキューの匂いが漂《ただよ》いはじめる頃には、雨はあがっていた。

大志は友人らしい一群となにやら盛り上がっている。時々サインをせがまれて、いちいち気さくに応じている。

僕は大宴会の様相《ようそう》を呈《てい》している輪から離れて、川べりのブロックに腰をおろした。大きなヒマラヤスギに遮《さえぎ》られて、宴会の人々からはちょうど死角になる場所だった。

久しぶりの全力疾走で身体が重たかった。靴《くつ》も服もドロドロで、かなりひどい格好だ。

それでも、精神的な疲労と違って、肉体的な疲労感というのはなんだか気持ちのいいものだった。

雲の切れ間から地上にまっすぐのびた光の帯を眺《なが》めながら、僕はぼんやりとここ数日の出来事の小さなかけらをあれこれ思った。

『一夜さんっていつもきれいな場所にいるのね』

多佳子さんの言葉が頭の中をぐるぐるめぐる。こんなイベントに参加したのは、その言葉のせいもあったかもしれない。汗をかいたり、泥まみれになったり、久しく忘れていたそんなことをしてみたかった。

もちろん、多佳子さんの言うのはそういうことではなく、もっと精神的なことだということはわかっていたけれど。

「はい、どうぞ」

にゅっとビールの紙コップが差し出された。

いつのまに来たのか、大志が傍《かたわ》らにすとんと腰をおろした。

「……こんなところで何してるんだよ。きみが抜けてきちゃったら、盛り上がらないだろ」

「十分盛り上がってるよ」

大志は面白そうに笑った。

確かに背後からはおいしそうな匂いと、さざめくような楽しげな騒ぎ声が流れてきていた。

「疲れた？」

「もうくたくた。早く帰って風呂に入りたい」

「山くだりのコースを引きあてるなんて、運が悪かったね」

「……この町に越してきてから、運がよかったためしなんかない」

拗《す》ねた子供みたいに露悪的なことを言っている自分がイヤになる。ゴツゴツしたブロックに背中を預けて僕はぼそっと付け足した。

「でも結構気持ち良かった」

「ホント？」

「走るのが気持ちいいと思うことなんて、一生ないと思ってたのに」

「体育とか嫌いなお子様だった？」

「もう、大嫌い。運動会なんて悪夢だったな。あれを思い出すと、二度と子供時代に戻りたくない」

僕はビールを一口呷った。

「こういう、年齢も性別もばらばらのイベントなら、優劣の決めようがないから、単純に楽しめるのにね。学校なんかより、こういう環境の中で子供を育てればいいのに」

「いいこと言うなぁ、一夜さん。そういう小説書いてよ」

わざとらしく感嘆《かんたん》した口調で言うので、腹が立った。

「そうやって人をバカにしてればいいさ」

「なんだよ、それ。バカにするどころか、感心してるんだよ。オレは」

「バカにしてる。いつだってきみは僕のことなんかバカにしてるんだ」

「してないよ」

「してるよ。バカにしてるから、あんな…キスなんかできるんだろ」

なりゆきのように口にしてしまってから、全身がかっと熱くなった。

大志がなにか言おうとする気配が伝わってくる。

心臓がどきどきして、何も言われたくなくて、聞きたくなくて、僕はそっぽを向いたまま、遮《さえぎ》るようにまくしたてた。

「バカにしてるんだよ、きみは。調子のいいことばっかり言って、僕が不様《ぶざま》に一喜一憂《いっきいちゆう》するのを面白がってるんだ」

そんなことを言うつもりなどまったくなかったのに、ひとたび口にしてしまったら、それが引き金のようにとめどもなく気持ちが不安定になっていった。

色々な感情が一度にどっとこみあげてきて、ビールを持つ手が震え出す。

「別にキスなんて、きみの仕事を考えたら日常茶飯事《さはんじ》だろうし、類《るい》くんにだって、多佳子さんにだって平気でするし、ファンの女の子をたぶらかすのなんてお手のものだろうし」

自分の言葉に胸がむかついてくる。こんな醜《みにく》いことを腹の底では考えていたのかと、まるで自分がわけのわからない動物になったような気がした。

「きみはみんなのアイドルで、誰にでもいい顔して……。カワシマタイシに親しげにされて悪い気のする人間なんていないって確信してるから、あんな人をバカにしたようなことが平気でできるんだよ」

これは八つ当たりだ。自分に対する自信のなさと、劣等感の裏返し。冗談だよと言われる前に、こっちから冗談だろうと決めつけて、受けるダメージを少しでも軽くしようとする卑怯《ひきょう》者《もの》の自己防衛本能。

「こぼれてるよ」

大志は僕の手から紙コップを取り戻すと、中身をするすると飲み干した。

横目でこっちを見て笑う。

「そうか。オレってひどい人間だね」

口元からこぼれる真っ白い歯。けれど目は笑っていなかった。

「それじゃ聞くけど、キスした翌朝、なんでオレのとこに来てくれたの？」

「…………」

「今朝《けさ》だって、誘いに行ったらこうやってちゃんと来てくれた。そんなにイヤなら無視すりゃいいじゃん」

淡々とした口調で追い詰められて、僕は逃げ場を失った。

視線を逸《そ》らしたいのに、絡めとられて身動きできない。

丸裸にされて身体の隅まで暴かれたような羞恥《しゅうち》と屈辱《くつじょく》で、耳たぶが熱くなった。

どう考えたって、こういうことには大志の方が場慣れしてる。僕は昔からこういう駆け引きはなにより苦手なのだ。

「……きみに会いたかったからって言えばいいのかよ」

声が喉に絡んで震えた。

「僕は人づきあいが苦手で、だからきみみたいに気負わずにつきあえる相手は珍しくて…でもきみにとっては、僕なんか全然特別な相手じゃない。きみは誰とだってすぐに馴染めるし、簡単に誰とだってキスできるし……」

「しないよ、そんなこと簡単に」

「したじゃないか。類くんとだって」

「類？　……ああ、だってあんなのはキスって言わないでしょう」

「多佳子さんとだって」

「してないよ。……してって言われて、ゴメンって断ってたとこだった」

「……松井《まつい》えみとだって」

大志は怪訝《けげん》そうに眉をひそめた。

「あれはドラマだよ？」

「わかってるよ、そんなの!!」

僕は癇癪《かんしゃく》を起こして立ち上がった。

「どうせ僕はテレビのキスシーンにまで嫉妬《しっと》するようなヤツなんだ。だからバカにされて当然なんだよ!!」

大志が目を見開いた。

もうだめだ。血圧があがって、血管が切れて、死んでしまいそうだった。

「どこ行くんだよ」

ふらふら歩きだすと、大志が追ってきた。

「……帰る」

帰るよりも、いっそこのまま川に飛び込んで溺死《できし》してしまいたかった。

みっともない。みっともない。二十六年の人生で、最大級のみっともなさ。

そうだよ、ちゃんとわかってた。僕は大志が好きなのだ。この三つ年下の、同性の、たった二週間前に知り合ったばかりのお調子者のアイドル俳優が、どうにもならないくらいに好きなのだ。

「……きみはみんなのところに戻れよ」

好きな男が傍《かたわ》らを歩いてくるのが、ひどく重たく疎《うと》ましかった。一刻も早く一人になって、自分のバカぶりに思いきり頭を抱《かか》えたかった。

それなのに、大志はどこまでも並んで歩いてくる。

「……戻れって言ってるだろ」

「命令されるいわれはないけど？」

「…………」

「家まで送るよ」

「こっちこそ送ってもらういわれなんかないよ。女の子じゃあるまいし」

「じゃ、送らない」

まるで中学生のように喧々《けんけん》と言い合いながら、それでも大志はついてくる。

薄日が射しはじめた昼と夕方の合間の道を、気まずく無言のまま早足で歩いた。

田んぼの前の細い道を家の方に曲がろうとしたとき、いきなり手首をつかまれた。

電気が走ったみたいにぶるっとなった。

「……なんだよ」

気まずく睨《にら》みつけると、大志も睨み返してきた。

「送らないって言っただろ。家には送らない。うちに連れてく」

「どういう理屈だよ。離せよ！」

痣《あざ》ができそうなくらいに固くつかまれた手首を振りほどこうとじたばたやっていると、田んぼの雑草をとっていた二人のおばさんが、胡乱《うろん》な視線を向けてきた。

こんなところで目立ちたくない。

僕は抵抗を諦《あきら》めて、ひっぱられるまま大志のアパートに連行された。

ひんやりとしたコンクリートの階段を、ひといきに五階までのぼらされて、息があがってしまう。

玄関に入ると、手荒くドアに背中を押しつけられた。頑丈《がんじょう》な鉄の扉にしたたか後頭部を打ち付けて、衝撃《しょうげき》で茫然《ぼうぜん》となる。

何するんだよ、と抗議しようとしたとたん、唇をふさがれた。

頭の中がわやわやになる。

驚愕《きょうがく》と、煽《あお》りたてるようなキスの感触があいまって、心臓が病的な速度でどくどくいいだす。それでなくても階段をのぼったせいで息切れしているというのに。

息苦しさに身を捩《よじ》っても、大志は離してくれなかった。

「やめ……」

言葉を紡《つむ》ごうとするたびに、何度も何度も執拗《しつよう》に唇をふさがれる。拷問《ごうもん》のようなキスに、立っていることさえ辛《つら》くなる。

息苦しさと、肌《はだ》が粟立《あわだ》つ感覚とで涙目になりかけたとき、ようやく呼吸を解放された。

それでも額はくっつけたままで、数センチの至近距離に大志の剣呑《けんのん》な美貌《びぼう》がある。

「オレはこんなキスを誰にでもするような男なワケ？」

肯定《こうてい》なんかしようものなら恐ろしい目にあいそうだった。酸欠で喘《あえ》ぎながら、僕は必死でかぶりを振った。

大志の表情がいくぶん和《やわ》らいだ。

「そうでしょ。こんなエッチなキス、相手構わずしてたらインランだよ」

勝《か》ち誇《ほこ》ったように言って、つかんだ手はそのまま、部屋に引き入れられそうになる。

「待って。ちょっと…今日は帰るから……」

「そうですか？　それじゃ、また。——とかいって、帰すはずないだろ、この状況で」

……この状況ってどの状況だよ。

「こんな格好であがったら、部屋中泥だらけだよ」

「じゃ、脱いで」

「……は？」

「とりあえずそこで上に着てるものだけ脱げば泥は落ちないでしょ」

それはそうなんだけど。

「シャワーはそっちだから」

さらさらと言われて、茫然となった。

11

ウィザーズコンサートツアーのロゴが入ったタオルで髪を拭《ふ》きながら、僕は落ち着かない気分で部屋の真ん中に立っていた。

最前のやりとりを考えれば、大志《たいし》の部屋でシャワーを使うというのは何かただごとではない気がしたが、実際、僕は泥《どろ》まみれのひどい格好で、大志は単純に部屋を汚されたくなかっただけかもしれない。そう思うとヘンに深読みして頑《かたく》なに断ったりするのも自意識過剰《かじょう》と思われそうで格好が悪い。

結局妙な強がりから、何気ない素振《そぶ》りを装って大志の提案に従ったのだった。

シャワーからあがると、僕の服は下着まですべて洗濯機につっこまれていた。

「新品の服ってこれしかないんだけど」

いたずらっぽい顔で大志が貸してくれたのはパジャマだった。

自分のおかしな強がりを僕はすでに後悔しはじめていた。格好悪かろうが、自意識過剰と思われようが、やっぱりさっさと帰ればよかった。いくら近所とはいえ、日もあるうちからまさかパジャマ姿で往来《おうらい》を歩くわけにはいかない。

窓から初夏の夕暮れの町を眺《なが》めていると、大志の使うシャワーの水音がパタリと途絶えた。意味もなく心臓がバクバクいいだす。

ほどなく大志が出てきた。トランクス一枚の格好で冷蔵庫の前にしゃがみこむ。

「ビールとポカリ、どっちがいい？」

「……どっちもいらない」

喉は渇《かわ》いていたはずなのだが、胸の辺りになにかがぎっしりつまっているみたいな感じで、水一滴すら飲み下せそうになかった。

大志はペットボトルからポカリを無邪気に直飲《じかの》みしている。額に落ちかかる濡れた髪の間から、横目で僕を見て笑った。

「突っ立ってないで座ったら？」

座るよりも、飲むよりも、僕はまるで里心がついた子供のようにとにかく無性に帰りたかった。

今朝《けさ》家を出るときには、こんなことになるなんて夢にも思わなかった。

予測不能の状況というのは何より苦手だ。とにかくいったん家に帰って、気持ちと態勢をたてなおしたい。

大志はすらすらと僕の前を横切って、ひといきに窓のカーテンを引いた。

その意味ありげな行動に、心臓が口から飛び出しそうになる。

「この部屋って西日《にしび》がキツいのが唯一《ゆいいつ》の難点なんだよなぁ」

すっかり神経過敏になっている僕に気付いているのかいないのか、大志はのどかにそんな理由付けをする。

「あ、類《るい》のやつ時計を忘れていきやがった」

窓枠《まどわく》の上から、大志は腕時計をつまみあげた。

「類くん、ここに泊まってたんだ」

言ってしまってまた慌てる。この状況でそんなことを言ったら、まるで嫉妬《しっと》でもしてるようじゃないか。いや、そんなことを思うのも、動転しているせいなのか……。

とにかく平常心を取り戻さねばと、現状とは関係なさそうな方に話を振った。

「類くんって引退したあと何やってるの？」

「ちゃんこ料理の店」

「……相撲《すもう》取りかよ」

完全な冗談口調にむっとして睨《にら》みつけると、大志は笑い出した。

「そんな怒んないでよ。一夜《いちや》さんが妙にぎくしゃくしてるから、リラックスさせてあげようと思っただけじゃん」

……気取《けど》られていたのか。

決まりの悪さに顔に血の気がのぼる。

「今はフリーターだよ。あれこれバイトをかけもちしてるみたい」

「あんなに人気があったのに、なんでそんなこと……」

「まあ、人間やりたいことやるのが一番なんじゃないの？」

「あんなくたびれた格好でバイトかけもちして、不毛な恋をして……。それがやりたいことなのかな」

「あいつ、片思いの話なんてしたの？」

「ちらっとだけね。おとといの朝、寄ってくれて。……そういえば僕たちって四年前に一度面識があるらしいね」

類くんの言葉を思い出して言うと、大志は破顔した。

「うん。テレビ局でサインしてもらったことがある。まだオレら無名だったから、一夜さんの記憶には残ってないと思うけど」

「きみだって忘れてたくせに」

「何言ってんだよ。オレはちゃんと覚えてるよ」

「だって、同じ本に二度もサインもらいにきたじゃないか」

「あれはお近付きになる口実だよ」

大志はいたずらっぽい顔で笑って、本棚《ほんだな》に近付いた。

三省堂のカバーがかかった単行本を抜き出してベッドに腰掛け、僕を手招く。

「ほら、ちゃんと初版。ウソじゃないでしょ？」

自慢げに奥付を示して、それから遊び紙のサインをわざわざ見せてくれた。

君島《きみしま》の流れるようなローマ字と、封筒の宛名《あてな》書きみたいにやたらかっきりした僕の署名が並んでいる。

「この本が出たとき、まだオレたちって全然売れてなくてさ。たった三つしか歳の違わない、オレらと同じ二人組がミステリの大きな賞とって脚光浴びてるのがなんか羨《うらや》ましくて。やっかみ半分で手に取ったんだよ」

僕ごときが川嶋《かわしま》大志からやっかまれていた時代があったとは。

「でも読んだらガーンと感動しちゃった」

「君島のトリックに、だろう」

「うん、それもある。あの人の性格を知った今でも、作家としての力量はすごいと思う。ヤなヤツだけど、才能あるよね」

「ワンプラは君島あってのユニットだから」

「でも、ここ書いたのは一夜さんでしょ？」

折り目のついた中ほどを開く。

「ここんとこ。ここのバーのマスターの台詞《セリフ》。『人の幸せのために身を引くような人間、俺は信用しないね』

「……朗読するなよ」

自分の書いた文章を目の前で音読されることほど恥ずかしいことはない。

僕の抗議などおかまいなしに大志は続けた。

「『人間、自分が幸せじゃなかったら、人の幸せを心から喜んでやることなんかできないだろう？　だから俺は、人を押し退けてでも幸せになろうとする奴が好きだ』別に本筋とは関係ないけど、オレはすごく好きな台詞なんだ。『幾千夜《いくせんや》』の中のあの女の子の台詞とか、これとか、色々考えさせられたし、読んでてすごい元気でた」

うう、顔から火が出そう。

「それからここも」

「もういいって」

僕は慌てて本をとりあげた。大志は不服そうに舌打ちして、それからちょっと笑った。

「この繊細《せんさい》な文章を書いてる人に、一度会ってみたいって思ってた。だからテレビ局で偶然会ってサインもらえたときは、感激したなぁ。それで何年かたったら、今度は一夜さんが隣に越してきて、もう運命感じちゃったよ」

「……」

「なーんてね。実は最初は君島さんと一夜さんとどっちがどこを書いてるのかわかってなかったから、運命なんていうのはうそっぱち。偶然だなぁって感動はしたけどね。でも、つきあっていくうちに、どこが一夜さんの書いた場所かすぐわかるようになった」

「……がっかりしただろ。実物がこんなで」

大志は目を丸くした。

「何言ってんだよ」

「自分はうじうじ悩んでばっかりいる情けない人間なのに、小説のキャラクターには偉そうなこと色々言わせてさ」

「そこが魅力なんだと思うな。ほら、名選手が名監督になるとは限らないっていうのと同じでさ、人生負けなしの人には、きっとああいう文章は書けないと思うよ？　人の痛みを和《やわ》らげるのは、痛みを知ってる人の言葉だよ。……ってなんか我ながら名台詞。今度小説の中で使ってよ」

大志は自分を茶化すように笑った。

「きっと、ワンプラの読者って、もちろんメインはあのトリックを楽しみにして読んでるんだと思うけど、全然関係ない部分で元気づけられてる人はたくさんいると思うよ」

大志のお世辞を丸々真に受けるほど能天気ではないけれど、僕はちょっと不思議な感慨《かんがい》にとらわれていた。

たとえば大志の言動が里香《りか》ちゃんに立ち直るきっかけを与えたように、僕がぼそぼそ綴《つづ》った文章も、知らない場所でひっそりと誰かの記憶に残っていてくれたりすることもあるのだろうか。

「あの繊細な文章は小手先だけのものじゃなくて、ホントに感じたり思ったり経験したりしたことから生まれたんだね」

「……僕は君島みたいに才能には恵まれてないから、自分で感じたことしか書けないんだよ」

「それこそ才能ってやつじゃないの？」

言いながら、大志は僕の手から本を取り上げて窓枠に置いた。

薄暗い部屋の中で、切れ長の目がいたずらっぽく光る。

「ねえ、今度は感じたことを元にして官能小説を書いてみれば？」

たちの悪い台詞とともに肩を引き寄せられて、さっきまでの緊張がぶり返してくる。

「ちょっと待てよ……」

ここに至ってさえ…というかこんな状況だからなのか、頭のなかにふつふつと不安ばかりが浮かび上がってくる。

大志の顔が間近に近付いてきたところで、不安の尻尾《しっぽ》をひとつつかんでしまった。

「ねえ、このまま君島が――」

裸の上半身を押し返しながら僕は必死で言《い》い募《つの》った。

「きみが僕に近付いたのは『幾千夜』の主役の座を狙《ねら》ってのことだって……」

大志はぴたりと動きを止めた。

「主役？　『幾千夜』ってドラマかなんかになるの？」

「映画化の話があるらしいんだけど……聞いてない？」

「うん、初耳」

なんだそうか、とほっとする反面、知っていても知らないふりをすることは可能だと、疑り深く思ったりもする。

「なんだよ、その目。もしその話が本当だとすれば、マジで主役欲しいけど、そのために一夜さんをたらしこもうなんて考えないよ。……っていう以前に、オレが女ならともかく、同性にそんな目的で媚《こび》売るなんてリスクが大きすぎるよ。相手にそのケがなかったら、まるで逆効果じゃん」

そう言われてみれば確かにそうなのだが。

「それとも、オレの言うことより君島さんの方を信用する？」

「そうじゃないけど。でも、そんなことでもなきゃ、なんできみが僕なんかにかまうのか説明がつかないし」

「そんなの、好きだからに決まってるじゃん」

するりと言われて、一気に顔に血の気がのぼる。

「……なんで僕なんか」

「小説が好きで、会ったらますます好きになった。見栄《みえ》っぱりぶりがめちゃめちゃ好き」

肩口を押され、ベッドに仰向《あおむ》けにされる。アイドルの形のいい指が、まだ湿っている髪の中に潜《もぐ》り込《こ》んできた。

髪の生《は》え際《ぎわ》や、目尻や、耳の付け根に、たぶらかすみたいなキスを落とされて、やましいような高まりが、身体中を熱くしていく。

引き返せない場所にいるという不安感が、僕に最後の抵抗を促《うなが》す。

「ねえ、やっぱり今日は帰るよ」

「うん、服が乾《かわ》いたらね」

大志はまるで患者の扱《あつか》いに慣れ切った小児科医のように、僕の言葉になど取り合うつもりはないらしい。パジャマをたくしあげて、ひんやりとした手のひらが侵入してくる。

「ね、またこの次にしようよ」

おたおたと哀願《あいがん》する自分が我ながら滑稽《こっけい》で、でもこっちとしてはかなり必死で。

「うん、この次もしようね」

違うってば！

「待ってよ。ホントに今日は疲れてて……」

もはや注射を嫌がってぐずぐずと言い訳を探す子供そのもの。

「一夜さんは別に何もしなくていいよ。そうやって寝転がっていればいいから」

「そんな……」

「それとも、オレとこういうことするのはイヤ？」

単刀直入《たんとうちょくにゅう》に切り込まれて、言葉を失う。

「そうじゃなくて……」

不安の尻尾がまたぴちぴちといくつか跳ねる。

例えば後ろめたさとか。多佳子《たかこ》さんや里香ちゃんや…僕よりもずっと前から大志を好きだった人はたくさんいるのに。

けれど、そんなふうに思うこと自体、かえって傲慢《ごうまん》なことだとも知っている。

知り合った月日の長さなど関係ない。それこそずっと一緒に暮らしてきた身内よりも、今日出会った誰かの方が、大切になってしまう――人を好きになるというのはそういうこと。

後ろめたさも、言い訳も、本当のところはもっと些細《ささい》で現実的な不安やためらいを誤魔化すための隠れ蓑《みの》に過ぎないのだ。

「わーっ！」

いきなり全体重をかけてのしかかられて、僕はやみくもにもがいた。

大志は僕の抵抗を封じるように、ぎゅっと身体を押さえ付けた。

「何騒いでんだよ。別に何もしてないだろ。一夜さん、しゃべりにくそうだから、顔が見えない方がいいのかなと思っただけだよ」

けど。

……確かに、真上から顔を見下ろされているよりは、こっちの方が喋《しゃべ》りやすいかもしれない
僕はおそるおそる大志の背中に手を回した。パジャマをたくしあげられた裸の上半身が、大志の素肌と密着して、頭の中にもどかしいような熱がこもる。

「その、正直言ってこういうことあんまり得意じゃなくて……」

大志は僕の首筋に顔を埋《うず》めてくすくす笑った。

「一夜さんにセックスが得意だなんて言われたら、かえってビビるけど?」

「茶化すなよ。はっきり言ってかなり苦手なんだよ」

「……もしや童貞《どうてい》? イテッ」

ろくでもないことを言うアイドルの背中を、平手《ひらて》でパチンと叩いてやった。

「いつもと勝手が違うから、どうしていいのかわかんないんだよ。男相手なんて、まさか経験ないし……。格好悪いことになるに決まってる」

「このオレが、自分の好きなひとに格好悪い思いなんかさせると思う?」

耳たぶに唇を触れさせながら、大志がひそひそと囁《ささや》く。

「格好いいも悪いもわかんないくらい、気持ち良くしてあげるよ」

「そ……そういう問題じゃないよ」

「じゃ、どういう問題?」

切り返されて言葉に詰まる。

「ねえ、こんなこと口先で言い合ってても仕方ないでしょ。とりあえず試してみてよ」

もう無駄話は終わりだとばかりに、唇を封じられた。


「や…やめろって…あっ」

自分の喉から絞《しぼ》りだされたとんでもない声に、闇が一瞬蛍光色《けいこうしょく》に染まった気がした。

「やだって、それ、言ってるだろっ」

「これくらい女の子にだってしてもらったことあるでしょ？」

「ないよっ、そんなこと」

「ホント？　じゃ、めくるめく初体験」

益体《やくたい》もないことを言いながら、大志は再び舌をからめてくる。

「やっ……い……」

逃げようとすると歯を立てられた。パジャマを脱がされながら延々と指先で高められて、すでにどうにもならないような状態になっている箇所に。

びくんと腰が跳ねあがってしまう。

日が落ちて、部屋の中はものの輪郭《りんかく》もあいまいな闇《やみ》に包まれていた。

暗がりの中で、大志のあの形のいい唇とタイルのような白い歯が、自分の身体のどこでどんなふうに蠢《うごめ》いているのかを想像すると、身体中が密閉されたみたいに熱くなってくる。いっそこのままブラックアウトしてしまいたい。

こんな恥ずかしいことをされて、もうこの先、とてもまともに大志の顔など見られない。

キスに似た湿った音が、駄目押しのように頭の中をぐしゃぐしゃにする。

「ちょ……ダメだよ…もう」

「いいよ、出して」

囁くように言って、再び口に含もうとする。

「よくないって！　離せよ」

僕は必死で大志の汗ばんだ肩を押し返した。

「口ん中に出すのは、別に格好悪いことじゃないでしょ」

ストレートな物言いに、わっと顔に血の気がのぼる。

「格好悪いっ…やめ……あっ…バカ、離せ！　離さないと絶交だからな!!」

「……あのね、一夜さん。小学生じゃないんだから、もうちょっと色気のある懇願《こんがん》の仕方を工夫しましょう」

笑いを含んだ声で言いながらも、大志は唇での刺激をやめてくれた。代わりに手のひらを添えてくる。

生々《なまなま》しい触感はなくなったかわりに、指先は舌や唇よりもかえって自在に動く。爪をたてられ、五本の指でゆらゆらと強弱をつけられて、自分でも恥ずかしくなるような声がこぼれた。

「……っ」

銀色の指輪が似合う、節《ふし》の張った大志のきれいな指を頭の中に思い描いたとたん、堪《こら》え切《き》れなくなった。

「平気だから、そのままじっとしてて」

ティッシュを箱から抜き取る音が、妙に現実的で生々しくて、背筋に震えがきた。

「自分でするから……」

「いいってば。今日のところは、一夜さんはマグロのようにそこに寝転がってて」

「そんな一方的なのヤだよ」

……って言ったって、今されたようなことを、こっちからできるかって言われたら、かなりぐるぐるすることで……。

「ふうん。じゃ、公平にいこうか」

闇の中で、大志が小さく笑う気配がした。

「オレは触覚で一夜さんを気持ちよくしてあげるから、一夜さんは視覚でオレを気持ちよくして」

意味がわからなくて、熱っぽく朦朧《もうろう》とした頭で考え込んでいると、暗闇だった部屋のなかに暴力的な明かりがともった。

仰天《ぎょうてん》してベッドの上に飛び起きた。

「バカ、消せよ！」

スタンドにのばした手を、背後からつかまれる。そのままうつぶせに押さえ込まれた。

「暗いと何にも見えないじゃん」

「見えなくていいんだよ！」

部屋の暗さのおかげで、ぎりぎりで羞恥心《しゅうちしん》をはぐらかせていたのに。

「見ながらした方が、ずっと気持ちいいよ？」

「よくない‼」

「え、よくなかった？　それじゃ、気合い入れ直して頑張るから」

違うってば‼

「あ、こんなところにホクロ発見」

肩甲骨《けんこうこつ》の上を唇で吸われて、背筋がぞくりとなる。

「一夜さん、敏感だねぇ」

「…………」

「ここに とかは？」

「……っ」

「……このへん？」

「やめ……」

左手で身体をさぐられて、たまらずに身を捩《よじ》ると、僕の手首を縫《ぬ》い止《と》めたままの大志の右手が視界に入る。硬そうな爪、節の張った指。いまさっきこの手が僕の身体のどこで何をしていたのかを思うと、爪先《つまさき》がきゅっと痺《しび》れるような感じになった。

こんなときでも、大志は普段と少しもかわらなかった。陽気に冗談めかしてこっちの注意を逸らしながら、執拗《しつよう》に駆り立てていく。

あまりにも余裕たっぷりの様子に、一方的にからかわれているだけではないかと疑いたくなったが、時々僕の身体にこすれる昂《たか》ぶりが、熱くなっているのは僕ばかりではないことを教える。

再びあおむけにされて、明かりのもとでいいように煽りたてられた。だめだ、やめろ、明かりを消せと騒ぎたてる僕を、暗いところで勉強すると目が悪くなるんだよ、などと小馬鹿にした発言で大志がのらくらとはぐらかし、もみ合ううちにも重なった肌がざわついて、どんどん熱を帯びてくる。

「もう一本入れても平気？」

済《な》し崩《くず》しに挿入《そうにゅう》された指の数を増やされて、だんだん自分で自分の収拾がつかなくなってきた。

ゆっくりと探るような指先の動きに、反射的に腰が跳ねた。

「や……っ」

押し退けようと振り出した手に、ガリッといやな手応《てごた》えがあった。

「……ってー」

大志が顔をしかめる。右の頬に、盛大《せいだい》な引《ひ》っ掻《か》き傷ができていた。見ている間にもじわりと血がにじみだしてくる。

「あ…ご、ごめん」

「……オレってゴーカン魔かなんか？」

「ごめん」

アイドルの顔に傷を作っちゃうなんて。

おろおろ見上げると、大志は表情をゆるめた。

「そんな顔しないでよ。冗談だって。全然平気」

「平気じゃないよ」

指先に残っている衝撃からして、相当な力で引っ掻いてしまったのは確かで……。

「とにかく消毒しないと……」

「いいって」

「よくないよ。ただの一般人の顔とはわけが違うんだから」

大志が吹き出した。

「あのね、一夜さん。心配してくれるのはありがたいけど、オレ、今それどころじゃないんだ」

「……っ」

思わず腰がひけた。腿《もも》の内側に押しつけられた、まさしくそれどころじゃないもの。

「さすがに我慢も限界だよ。ねえ、指と交換してもいい？」

……交換って気軽に言うなよ。

いやだ、やめろと喚《わめ》きたてたかったが、血の色をした頰の筋が僕をうしろめたい気持ちにした。

視線をはぐらかしながらフラフラと頷いた。

身体の中からゆっくりと指が引き抜かれる。その感覚だけでも、悲鳴をあげそうになった。痛いとか苦しいとかではなく、なんとも表現のしようがない違和感。

……指より体積のあるものなんて、絶対ムリに決まってる。

僕の動揺をよそに、大志がギシリと膝の間に身体を割り込ませてきた。

とらされている体勢だけで、すでにショック死しそうだった。

「……あっ」

押しあてられた熱さに、羞恥と恐怖が喉元までこみあげてくる。

「そんなに身構えたら、かえって辛《つら》いでしょ。少し力抜いて」

「そんなの…できな、いっ」

「できるよ。ちょっと関係ないところに意識を逸らして。ほら、たとえば新作の構想でも練ってみるとか」

「できるわけないだろっ」

こんな状態で何を考えてるんだ。

「じゃ、しりとりしよう、しりとり」

「あっ…や……バカ、ふざけるなよ！」

「『ふざけるなよ』か。ええと…よ…夜」

誰がしりとりなんかするか、と胸の中で毒突《どくづ》きながらも、ぐっと違和感が増すと、とても尋《じん》常《じょう》な状態ではいられなくなった。

「……っ、ルイベ」

現実逃避の馬鹿げたしりとりに、引っ張り込まれるはめになる。

「ルイべって何？」

「…鮭《さけ》の刺身《さしみ》の……凍ったヤツ」

「ふうん。初耳。じゃあベル」

「ル……やっ、痛っ！」

「わかった。ちょっと休憩《きゅうけい》ね。ル、考えて」

「ル……ル…ルビ」

「作家っぽい言葉だね。うーん、じゃ、ビール」

……なんでルばっかり……。

「ル…っ……あ…そこ、触るな…よっ」

「そこって、ここ？」

「やっ…や……」

指先の動きに神経を奪われている間に、ひといきに身体の中に押し入られた。

「っ……！」

「大丈夫だよ、息吐《は》いて」

「や…動く……な……」

「うん。動かないから。ちゃんと考えて。ルだよ？」

身体中の毛穴から、どっと冷汗が吹き出すような感じで、思考が定まらない。頭の中をルの字が回る。

「……ル……ルーレット」

「ナイス。ルーレット、か。ええと……そうだ、トライフル」

「……なんだよ、それ」

「知らない？　カスタードでスポンジをあえたみたいなお菓子」

「そんなの知らな……あっ…動くな…て…っ」

「ずっとこのままだったら、余計キツいよ？　ほら、次考えて」

「もうルなんて思いつかないよ」

「ゆっくり考えればいいよ。時間はたっぷりあるから」

「……っ」


たしかに時間はたっぷりあったが、反対に僕の余裕はまったくなくなって、しりとりの続きはうやむやになった。

12

ついさっきまで真っ青だった空に、生あたたかい風があっという間に泥《どろ》のような積乱雲を運んできた。

大きな雨粒《あまつぶ》がひとつふたつ落ちはじめると、あたり一面にほこりっぽい夕立ちの匂《にお》いがたちこめる。

天気予報でも今日は夕立ちがあると言っていたし、一昨日《おととい》から泊まりで大阪に行っている大志《たいし》が夕方には帰ってくるというので、早目に用事を済ませてしまおうと、郵便物を出しに行ったのだが、際《きわ》どいところで結局降られてしまった。

まだ三時だというのに、あたりは夕暮れどきのように薄暗くなり、雨足は一気に激しくなった。僕は慌てて駆け出した。

近道をして通り掛かった《ＹＯＳＨＩＮＯ》の前で、メニューの看板を奥に引っ込めようとしている多佳子《たかこ》さんと鉢合《はちあ》わせた。

一度話をしたいと思いながら、なんとはなしに気まずくて、足が遠退《とおの》いていた場所だった。

このどしゃぶりで、しかも目が合ってしまった状況で、このまま走りすぎるのも不自然だった。

僕は歩《ほ》をゆるめて、日よけの下に入った。

「雨宿りさせてもらってもいいですか」

「……どうぞ」

多佳子さんはうつむき加減で微笑《ほほえ》んだ。

店内の二組ほどの客は、急に振り出したひどい雨に驚いたように、窓の外に目をやっている。里香《りか》ちゃんは相変わらずの仏頂面《ぶっちょうづら》だったが、目が合うと小さな会釈《えしゃく》をくれた。エプロンやテーブルクロスが、あのひまわりの刺繡《ししゅう》のものにかわっていた。

コーヒーを頼むと、多佳子さんは一緒にあの卵色のケーキを出してくれた。添えられた生の白桃《はくとう》から、したたるような甘い匂いがした。

雨と雷の音が、店内に流れるクラシックをかき消すほどに大きくなっていく。

「こんな夕立ちがくると、そろそろ梅雨《つゆ》も明けそうね」

雨が流れ落ちる窓ガラスを眺《なが》めながら、多佳子さんが言った。

「夏祭り、一夜《いちゃ》さんもお神輿担《みこしかつ》ぐそうですね」

「あ、うん。大志に誘われて……」

この町に越してきてから一ヵ月半ほどになる。どうしてこんなところに越してきてしまったんだろうという後悔は、いつのまにか薄らいでいた。

幸せだからとか、満たされてるからというのではなく、降った雨が否応無《いやおうな》しに泥《どろ》にしみ込んでいくように、気がついたら馴染んでいたという感じだった。

僕は少しの間考えて、それからぼんやりと窓の外を眺めている多佳子さんに声をかけた。

「この間のことだけど」

多佳子さんは僕を振り返って、問い返すような顔をした。

「本気で人を好きになったことがあるかって、言ったでしょう？　誰かを騙《だま》したり、傷つけたり、すごくみっともない思いをしても、それでも手に入れたいって思ったことがあるかって」

「……ええ」

「あの時まではなかったんです。そんなふうに必死になったことは」

「今はあるんですか？」

「……多分」

「タイちゃん？」

多佳子さんは淡々と問い返してきた。

僕は少し戸惑《とまど》って、それから小さく頷いた。

「……いつかきっと問題が起こるわよ」

未来を予言する占い師のように、多佳子さんはきっぱりと言った。

「タイちゃんも一夜さんも有名人なんだし。それにタイちゃんはただでさえ身内とぎくしゃくしてるのよ。このうえ恋人が同性だなんていったら、どんなことになるかわからないわ」

「……そうですね」

「男同士の恋愛なんて、何も生み出さないわ。不毛なだけよ」

「…………」

「タイちゃんの押しの強さに流されてるんだとしたら、きっと後悔するわよ。引き返すなら今だと思う」

「後悔はするかもしれないけど、それでも引き返したいとは思いません」

一瞬の沈黙のあと、多佳子さんはため息のように笑った。

「……私ね、十代の頃に一度タイちゃんに告白して、振られてるの。好きは好きだけど、それはイトコのおねえさんとしてだからって。そんなことがあったあとも、タイちゃんは全然私のこと敬遠したりしないで、普通に接してくれて」

「…………」

「諦《あきら》められなかったの。ずっと。タイちゃんに特別な相手ができたら諦めようって思いながらも、タイちゃんに近付く人間がみんな憎《にく》らしかった。親切顔して里香ちゃんを雇《やと》ったのだって、熱狂的なおっかけの里香ちゃんが、私の知らないところでタイちゃんに近付かないようにって、そんなあざとい理由だったたし」

多佳子さんは白い指先でテーブルクロスの小さな花の刺繍を辿《たど》った。

「疲れちゃった。そんな醜《みにく》いことばっかり考えてる自分が、すごくすごく嫌になって疲れちゃった。だから助けて。タイちゃんとつきあうなら、ちゃんと最後まで責任とって。私がタイちゃんのこと諦められるようにして」

テーブルクロスに、小さな雨粒のような水滴が落ちた。

「……責任、ちゃんととります」

「ありがとう」

雨音にかき消されそうな、小さな返事が返ってきた。


激しい夕立ちは、来たときと同じ唐突さで行き過ぎていった。

多佳子さんの店を出ると、蒸し暑かった空気が洗われたようにひんやりとしていた。幾層《いくそう》にもかさなった重たげな雲が動き、ぽかりと青空のかけらがのぞく。その神々《こうごう》しいような遠近感がなんともいえずきれいだった。

一ヵ月半の間に、田んぼの緑は驚くほどに濃さを増していた。

学校で雨宿りをしていたのか、通りには下校する小学生が一斉《いっせい》に溢《あふ》れだした。このところ、彼らの通学アイテムに水着袋が加わった。

「小学生ウォッチング？」

ポンと肩を叩かれた。

二日の留守の間に、また陽に焼けた気がする大志の顔が笑っていた。

「……おかえり。早かったね」

「ホントはもっと早く着いたんだけど、ひどい夕立ちだったから駅前の本屋で雨宿りしてた。何を観察してたの？」

「水着袋」

「え？」

「いや、思えば子供の頃って元気だったなぁと思って。算数の授業を受けたあとに、五分で着替えて、梅雨時なんて心臓とまりそうなくらい冷たいプールに入ってさ。で、また五分で着替えて、髪の毛びしょぬれのまま、何事もなかったように国語の授業受けたりして。今はとてもあんな生活、できないよ」

「ジジイだねぇ、一夜さん。オレなんかガキの頃よりハードな生活送ってるぜ。ドラマの撮影《さつえい》で、真冬に海に飛び込まされたりさ」

「ゲーッ」

「でも、不思議とこれがいやじゃないんだ。やらされてやるのと、やりたくてやるのじゃ、こうも違うのかって感じ」

喋《しゃべ》りながら、大志は当然の顔で僕の家までついてくる。

ひんやりとした玄関に入って引き戸を閉めると、するりと肩を抱かれ、掠《かす》め取《と》るようなキスをされた。

僕は思わず飛びのいた。

「な…なんだよ、いきなり」

大志はくつくつ笑っている。

「キスくらいでそんなにビビることないでしょ。オレは一夜さんのぜーんぶを知ってる男だよ?」

「……っ」

人をうろたえさせておいて、大志は我がもの顔で家の中にあがっていく。

大志の部屋に初めて泊まった日から、三週間になる。

僕たちは以前と変わらず、時間のある日の朝と夜には、お互いの家を行き来している。

翌日が完全なオフだという日に、一度大志が僕の家に泊まっていった。懲《こ》りずにまたしりとりをさせられ、今度は語尾を全部「ぬ」に集められて、往生《おうじょう》している間に散々な目にあった。

三週間の間に、小さな出来事が二つほどあった。

『幾千夜《いくせんや》』の映画化の話が具体化して、どうやら主演は本当に大志に決まりそうだった。大志がとても喜んでくれたので、僕もいつになく浮き浮きした気分になった。

もうひとつは、打診されていた新雑誌のエッセイのこと。君島《きみしま》の言っていた「穴埋め」という言葉にひっかかっていたのだが、大志に話すと笑い飛ばされてしまった。

『そんなの君島さんが捏造《ねつぞう》した嫌がらせに決まってるじゃん。それに、穴埋めだろうがＶＩＰ待遇だろうが、そんな編集サイドの思惑《おもわく》なんて、一夜さんにも読者にも関係ないよ。読む人は平等に読むんだから』

大志のそんな助言は、僕にはひどく新鮮だった。というのも、へんに見栄《みえ》っぱりな僕は、これまで人に相談というものをもちかけたことがほとんどなかったのだ。

相談するということは、悩みやコンプレックスを相手に打ち明けるということだ。自らすんでみっともない弱味をさらすことなど、僕にとっては屈辱《くつじょく》でしかなかった。

だから今まで何事も一人で悩んで片をつけたし、わからないこともわかったような顔で虚勢を張り続けてきた。

けれど、しりとりをしながらセックスをするなどという底抜けにバカらしいことをさせられたおかげで、もはや大志の前では、見栄も外聞《がいぶん》もあったものではなかった。なさけないところも、みっともないところも、ほとんど全部大志には知りつくされているのだから。

弱音を吐ける相手がいるというのは、信じられないくらいに安らげることだった。

エッセイの仕事を受けることにしたのは、大志の言葉そのもののせいというより、大志の存在のおかげだった。相手に従うとか、決めてもらうということではない。意見が合っても合わなくても、とにかく気負わずに話せる相手がいるということがどれほどすごいことか、僕は初めて知った。

「新着メールよ」

冷蔵庫から麦茶を取って戻ると、大志がパソコンの方に顎《あご》をしゃくった。

僕がマウスに指をのせると、大志がディスプレイを覗《のぞ》き込《こ》んできた。

「誰から？」

「君島。次の仕事の連絡」

大志はくつくつ笑いだした。

「あの人も厚顔無恥《こうがんむち》っていうかさぁ。自分名義で仕事するとか大見得《おおみえ》切ったくせに、何事もなかったかのように仕事の話振ってくるのな」

本当だよなぁと僕も思う。

ワンプラスワンの解散は、どうやら当面なさそうだった。まあ、君島が僕と一緒にやってもいいと思う間は、続いていくのだろう。

性格はともかく、君島のトリックは純粋《じゅんすい》にすごいと思う。そしてそれに背景を書き込んでいく作業が——補助輪などと自分で卑下《ひげ》しつつも——僕は決して嫌いではなかった。

またいずれ、君島の方から独立の話を言い出すかもしれない。その時はその時だ。

同じ事柄《ことがら》なのに、支えがあるとないとではこんなにも感じ方が違ってくるのかと、なんだか目から鱗《うろこ》の気分だった。

惨《みじ》めな思いをしないためには、切られる前に切ってやれなどと、ぴりぴりと君島を畏《おそ》れ卑屈《ひくつ》になっていた自分が滑稽《こっけい》だった。

風通しのいい和室で、大志の大阪土産《みやげ》のおこしを食べながら、どうでもいいような話をした。昨夜、開けっ放しの窓から飛び込んできたコウモリの話。大志の仕事の話。金髪大工の井出《いで》くんのところに赤ちゃんが生まれる話。

どこかから風鈴の音がする。庭からは夕立ちの名残《なごり》の夏めいた匂いが這《は》いのぼってきた。ボロ家の古畳《ふるだたみ》に行儀悪く腹ばいになって、僕はなんだか不思議な、神々しいような気分にとらわれていた。

今僕たちが交わしている会話など、まったく意味のないただの無駄話だった。耳に涼しい風鈴にしたって、生活必需品というわけではない。つまんでいる生姜《しょうが》の味のおこしも嗜好品《しこうひん》で、食べても食べなくてもいいようなものだ。

考えてみれば、僕たちの日常なんて無駄なことばかりだ。

その無駄を、僕はとても愛《いと》しく思う。

「眠いの？」

畳に頬杖《ほおづえ》をついてぼんやりしていると、あおむけに寝そべって新聞の三面記事を朗読していた大志が声をかけてきた。

「いや、なんか風が気持ちいいなと思って」

大志はばさばさと新聞を置いて、傍《そば》まで転がってきた。指先で僕の前髪を散らす。

「ねえねえ」

「ん？」

「しりとりしない？」

僕はぎょっとして飛びおきた。

「な……何言ってんだよ、こんな陽のあるうちから」

「えー、しりとりって陽のある時間にやっちゃいけないの？」

大志はにやにや僕を見上げてくる。

「一夜さん、顔真っ赤だよ？　やだなー、なんかヘンな想像してない？　オレは単純にしりとりしたいなって思っただけなのに」

……完全にはめられた。

「まあ、そこまで言われちゃ仕方ないな」

「何も言ってないだろっ」

「ひとつリクエストにお応《こた》えして……」

「してないよっ、リクエストなんか!!」

しなだれかかってくる大志の頭を、麦茶のペットボトルでなぎはらった。

「……ってー」

頭を押さえて倒れ込みながら、大志は笑い転げている。

他愛《たわい》ないやりとり。他愛ない時間。

すべての事件や言動が、様々な伏線《ふくせん》となって緻密《ちみつ》に絡まったミステリ小説などとは、対極にあるような無意味な日常のひとこま。

多佳子さんに言われたように、僕たちの生活はきっとのどかなだけで続いていくようなものではないのだろう。けれど、どんな状況に陥《おちい》っても、こんな無駄な時間はなくならない気がした。

日常のかけらは、無地のままでもことたりるテーブルクロスにほどこされた、丹念な刺繍のようだ。

My Favorite Things

―マイ・フェイヴァリット・シングス―

「『最近のお気に入り』って言われてもな」

今日何杯目かしれないインスタントのコーヒーを啜《すす》りながら、僕はエッセイ原稿依頼のメールを眺《なが》めて独《ひと》りため息をついた。

依頼の趣旨《しゅし》については、昨日「スラップスティック」誌の担当編集者、高瀬《たかせ》さんから一応電話で聞いていた。なんでも、通販ブームにあやかって、各界の著名人推薦《すいせん》の取り寄せ可能な生活用品や食べ物などを集めた、通販特集を組むのだという。

通販にまったく興味がないうえ、このところ仕事が立て込んでいてできれば断りたかったのだが、世話になっている高瀬さんから「大須賀《おおすが》さんから原稿いただけないと、私、編集長に大目玉くらっちゃいますっ」などと泣きつかれ、そんな大げさなとは思いつつも、結局引き受けるはめになってしまった。

しかし考えてみれば、およそぱっとしたところのない僕が、有名女優や人気投手と一緒に「各界の著名人」などと呼ばれてしまうのは、かなり奇妙な話だ。

僕、大須賀一夜《いちや》が、学生時代の同級生君島隆一《きみしまりゅういち》とワンプラスワンというユニットを組んでミステリ小説を書くようになって、かれこれ六年目になる。

ワンプラの今があるのは八割方が君島の功績だというのは自他ともに認めるところだ。トリックなど物語の大筋は君島が考えだし、僕はそれに感情描写や情景描写を添えていく。ユニットというが、マンガでいえば先生とアシスタントくらいの開きが、僕と君島の間にはある。

それなのに、どういうわけか女性月刊誌の「スラップスティック」は、ワンプラとしてではなく大須賀一夜個人としての僕に、エッセイの仕事をくれるようになった。いつ打ち切られるかとひやひやしていたが、意外にもそこそこの評判をもらえているらしく、この仕事のおかげで他社からも僕個人を指名した原稿依頼が入るようになった。

一方、ワンプラ名義の小説『幾千夜《いくせんや》』が映画化され、今年の春に公開された。主演男優の人気もあって、これがなかなかのヒットを記録し、数多《あまた》の執筆依頼に加えて、雑誌の取材やテレビ出演といった本業以外の仕事も舞い込むようになった。

どれもこれも、ありがたいことである。

でも、作家というのは（芸能人なんかもそうだと思うけど）華《はな》やかな印象とは裏腹に、仕事が充実するほどに日常生活はどんどん殺伐《さつばつ》として潤《うるお》いがなくなっていく気がする。

このところ締切や雑多なスケジュールに追われて、ほとんどプライベートな楽しみのための時間がとれていない。

ここ三ヵ月ほどを振り返っても、読書といえば巻末の解説を依頼された同業者のゲラを斜《なな》め読みしただけだし、映画も仕事がらみの試写会で一本観ただけという状態。旅行に至っては、取材で広島まで行って、日帰りで帰ってきたという気ぜわしさ。目的地以外、観光もできなかった。

そんな状況で「最近のお気に入り」など訊《き》かれても、正直何も思い浮かばない。最近どころか、これまでの人生で気に入っていたものがあったかどうかも、思い出せない。心にゆとりがないためか、感覚も記憶力も鈍《にぶ》くなっているようだった。

そういえば、僕はもともと街の風景や季節の移り変わりなどを見るともなしに観察するのが好きなんだけど、この秋はいつ金木犀《きんもくせい》が咲いたのかも気付かなかった。……重症だ。

こんなことを続けていると、心の井戸が枯渇《こかつ》して、創作どころの騒ぎではなくなりそうな気がする。

だが、立ち止まってそんなことを考えていても仕方がない。とにかく今は引き受けている仕事をこなさなくては。

まずはあの長篇の校正だ。それからエッセイを二本。明日、君島から連載のプロットが回ってきたら、そっちの準備もしなくては。そしてこの「お気に入り」のエッセイ。

お気に入りお気に入り……。

ぶつぶつと唱《とな》えていたら、ふいと玄関のドアが勢いよく開く音がした。

「たっだいまー！」

威勢のいい声が響いてくる。

……人の家を訪ねるのに、なにが「ただいま」だよ。

呆《あき》れつつも、なぜか急に気持ちが浮き立つ。

コーヒーカップをテーブルに置いて玄関に向かうと、勝手にあがりこんできた男と廊下《ろうか》ではちあわせた。

「久しぶりだー、一夜さん」

「ちょ……っ」

あろうことか、その男、川嶋大志《かわしまたいし》は荷物を廊下に放りだし、いきなり僕に抱きついてキスしてきた。

「ばかっ、やめ……」

発する言葉はつぎつぎに大志の唇に飲み込まれてしまう。

仕事続きの坦々《たんたん》とした日々を送っていた僕にとって、いきなりの能天気男の乱入は、絶食していた胃袋に突如《とつじょ》トンカツを入れたようなものだ。

「はう、生き返ったー」

やっとの思いで引きはがすと、大志はそう言って猫のように口元をぬぐった。

「なに考えてるんだよ、もう」

睨《にら》みつけると、大志はべたべたと僕の髪や肩に触れながら、とろけるような笑みを浮かべた。

「だって一ヵ月も会えなかったんだよ？　一夜さんは淋《さみ》しくなかったの」

大志は映画のロケで、このところ長崎に行っていたのだ。

「電話じゃ頻繁《ひんぱん》にしゃべってたろ。それに仕事が忙しくて、淋しいなんて考えるヒマもなかったよ」

照れ隠しでつんつんと答えてみせながらも、このところ僕の生活が殺伐としていたのは、必ずしも仕事のせいばかりではなかったのだと、いまさらのように気付いた。

「仕事が忙しいのはいいことだけど、休憩《きゅうけい》も大切だよ」

大志は僕を部屋の中に引っ張り込み、畳《たたみ》の上に押し倒してきた。

「うわっ、ばか！　帰ってくるなりなんの真似だよ」

「真似じゃなくて本番でーす」

「ふざけるな」

「ふざけてないよ。オレがどんだけ一夜さんに飢《う》えてたと思う？」

「またそういう口八丁《くちはっちょう》を……」

シャツをたくしあげてくる手を押し返しながら睨みつけてみるものの、見おろしてくる真摯《しんし》な瞳の前で、抵抗は弱々しいものになる。

相手は女性誌の「抱かれたい男」特集で毎年ベスト3に入るイケメン俳優なのだ。そのうえ最近ではルックスのみならずその演技力も高く評価されている。

そんな男にこんな表情で迫《せま》られて、拒《こば》める人間がいるだろうか。

しかも会いたかったのは僕だって同じこと。いや、大勢のスタッフに囲まれて賑《にぎ》やかに仕事をしている大志より、日がな一日ひとりきりでパソコンに向かっている僕の方がもっと、人恋しさは募《つの》っていたと思う。

大志の熱と重みが、身体にしみ込んでくる。

安らぎと興奮がないまぜになって僕を満たす。

大志の唇がさっきよりも深く僕を求めてきた。

「ん……っ」

大志と付き合い始めて二年以上になるけれど、お互いの仕事の関係で会えない時間が長いためか、こうして肌《はだ》を重ねることにはいまだに軽く緊張《きんちょう》する。

性急に服をはぎとろうとする大志の手を、僕はおたおたと押しとどめた。

「ちょっ、ちょっと待った。玄関のカギ、あけっぱなしかも」

「閉めたよ」

僕の首筋に唇を這《は》わせながら、大志がくぐもった声で言う。

「あ……ええと、ヤカン、そう、ヤカンをかけっぱなしかも」

「だったらとっくにピーピーいってるって」

「と、とりあえずお茶でもどう？」

大志は身体をまさぐる手を止めて、僕を見おろしてきた。

「……なんだよ。やりたくないの？」

身も蓋《ふた》もない問いかけに、顔が熱くなる。

「いや、だって……」

「オレはずっと一夜さんとこうしたかったよ。一夜さんのこと、舐《な》めてしゃぶって突っ込んで、ドロドロにしたいって毎日思ってた」

なななっ、なにを言い出すんだよ、こいつは。

カーッと顔の熱さが倍増する。

「ヘンタイ！」

「なんで？　愛してる人に一ヵ月も会えなかったら、普通誰でもそう思うよ。一夜さんはオレとやりたいって思わなかったの？　オレのことなんて思い出しもしなかった？　ふーん、そうか。そうなんだ」

圧倒的な力で僕を組み敷いておきながら、子供のような口調で拗《す》ねてみせる。

力でも素直さでもかなわない僕は、その瞳の熱に射すくめられてたじたじとなる。

「ち、違うよ。そうじゃなくて、ちょっと緊張してるっていうか……」

「緊張？　なんで？」

「だって会うのは一ヵ月ぶりだし、きみは、なんだか、その、ますますかっこよくなってるし……。触られるとどきどきして、心臓が壊れそうになる」

僕が白状すると、大志は何度か目をしばたたいてから、タイルのような歯をみせて破顔した。

「一夜さん、超かわいい」

「……アラサーの男をつかまえて、かわいいとか言うなよ」

「だってかわいいもん。毎回処女みたいに純情で」

「ばっ、ばかっ！」

「そんなにかたくならなくても大丈夫だよ。あ、でもこっちは思いっきりかたくしていいからね」

「やめ……っ」

いきなり股間《こかん》をつかまれて、声が裏返る。

あとはもう、大志の宣言通り舐められしゃぶられ突っ込まれ、前後不覚のドロドロ状態にされてしまった僕だった。


しばし失神まがいのうたた寝に陥《おちい》っていたらしい。

極上の芳香《ほうこう》と、ひたひたと畳の上を歩く足音で目が覚めた。

「あ、起きた？」

大志が覗《のぞ》き込《こ》んできた。さっきまでの獣《ケダモノ》じみた激しさが嘘のような、爽《さわ》やかな笑顔だった。

「コーヒー淹《い》れたから、どうぞ。ここに来る途中、オクムラで豆を買ってきたんだ」

「マジ？　すごい嬉しい」

オクムラは隣町の喫茶店で、僕と大志の気に入りの店だった。

僕は腹の上に掛けられていたタオルケットを蹴《け》って起き上がった。

「身体、平気？」

大志が、からかい半分、心配半分といった表情で声をかけてくる。

「……ああ」

僕は照れ隠しに短くそっけなく返した。

「毎回処女」呼ばわりされつつも、この二年で慣らされた身体にさしたるダメージはない。

それどころか、さっきまでの鈍麻《どんま》な感覚はどこへやら、憑《つ》き物《もの》が落ちたように頭がすっきりとしていた。

こいつ、いったい何を注入しやがった？　とか考えて、また赤面しそうになる。

大志はさっき廊下に放りだした鞄《かばん》を持ってきて、中から紙袋を取り出した。

「あとこれ、お土産。福砂屋《ふくさや》のカステラ」

「すごい。大好物なんだ。早速食べようよ」

適度な運動のせいか、久々に心地よい空腹を感じた。

立ち上がる瞬間だけちょっとヨロリとしたものの、あとはもうはずむ足取りで、僕は台所に皿を取りに急いだ。

……なんだよ、このウキウキ感。

お気に入りなんて思いつかないと一人ごちていた、さっきまでの偏屈《へんくつ》な僕はどこに行ったんだ？

オクムラのコーヒーに、福砂屋のカステラ。あっという間にお気に入りが二つ。今ならあのエッセイがすらすら書けそうだ。

僕は皿を片手にパソコンに向かい、スリープになっていた画面を再起動させた。

大志が傍《かたわ》らからディスプレイを覗き込んできた。

「あ、この『お気に入り』特集、オレのとこにも依頼がきてた」

「ホント？　テーマはもう決めた？」

「うん。GAPのシャツ」

「GAP？」

僕はちょっと眉根《まゆね》を寄せた。

「うん。ダメ？」

「ダメじゃないけど、もうひとひねりあってもよくない？」

「いいのいいの。一夜さんは何について書くの？」

「うん、今思いついたんだけど、これにさせてもらおうかな。好物だし」

僕は福砂屋の黄色いパッケージを振ってみせた。

「おー、オレも役に立てたってことっすね？　やりぃ」

大志は親指を立てて片目をつぶった。何をしても小憎《こにく》らしいくらいにさまになる男だ。

カステラでふとひらめいた。

「そういえば多佳子《たかこ》さんのスポンジケーキっていうのも隠れた逸品《いっぴん》だよね」

不思議なもので、大志に会ったら急に好きなもののことを色々思い出した。

オクムラのコーヒーに、多佳子さんのケーキ。それから駅のそばの総菜屋《そうざいや》かみやのロールキャベツ、などなど。どれも大志と一緒に飲んだり食べたりしたものばかりだ。

「あ、その路線もいいね。福砂屋はあまりにポピュラーだけど、多佳ちゃんのケーキっていうのはマニアックで、なんだかこだわりの作家って感じがするじゃん」

「うーん、でもやっぱり今回は福砂屋にしておこう」

僕があっさり言うと、大志はずるっとのめる真似をした。

「なんだよ、あっけないな」

「だって、多佳子さんのケーキは通販不可だろ。それにいちばんのおすすめは秘密にしておきたくないか？」

「ああ、それはあるね。ほら、よくテレビで有名人行きつけの店とかやってるけど、みんなホントに気に入ってる店はマスコミになんか絶対教えないもんな」

「ファンの人でごった返したりしたら、行けなくなるしね」

「だからオレはＧＡＰ」

大志は笑って僕の手からカステラの皿を受け取り、ひとくちかじって畳の上にごろんと寝そべった。

斜《なな》めに差し込む秋の陽がまぶしかったようで、大志は机の上の「スラップスティック」誌の見本を引き寄せて顔にのせた。

部屋の中にこんなに陽射しが入る季節になっていたことに、僕は今まで気づいていなかった。垣根《かきね》の向こうの小さな柿《かき》の木の枝は、たわわに生《な》った実の重みでお辞儀《じぎ》をしている。通りの向こうの田んぼは、いつの間にか半分稲刈《いねか》りが終わっている。

急に実感を帯びた季節の色と匂《にお》いが、すがすがしく僕の五感を刺激した。

「仕事しようかな」

急に意欲が漲《みなぎ》って、僕はカステラを頬張りながらパソコンの前に座った。

「おー、なんかハツラツとしてるね、一夜さん」

大志が雑誌の脇から片目を出して言う。

きみは知らないだろうけど、さっきまで僕は生ける屍《しかばね》状態だったんだよ。

ひとりごちて、なんだかおかしくなった。

「あ、そういえば高瀬さんに聞いたんだけど」

大志が「スラップスティック」をパラパラめくりながら言う。

「『お気に入り』の次の特集は『各界著名人のどきどき交友図鑑』らしいよ」

「『スラップスティック』って、各界著名人が好きだな」

呆《あき》れて言うと、大志はのどかな笑い声をあげた。

「ねえ、原稿依頼がきたら、一夜さん、誰のことを書く？」

大志はむくっと起き上がり、期待に満ちた視線を向けてくる。

「そうだな……」

僕はパソコンを眺《なが》めながら、三秒ほど考えた。

「やっぱり君島かな」

大志は大仰《おおぎょう》に畳に頭を打ち付けた。

「なんだよ、それ。コンビの相方なんていまさらなんの新鮮味もないだろう」

「だって無難じゃないか」

「ちぇっ。オレは当然一夜さんのことを書こうと思ってたのに」

「やめてくれよ。『幾千夜』の制作発表のときみたいに、あることないこと言われたらたまったもんじゃないよ」

「いいじゃん、別に」

「よくないよ。僕は芸能レポーターの餌食《えじき》になんかなりたくない。そうだ、高瀬さんに、大志にはその号の依頼はしないように頼んでおこう」

「むかつくー。だいたい、なんで君島さんなんだよ？」

いつまでもぶつぶつ言っている大志を尻目《しりめ》に、僕はパソコンの画面に向かいながら、思わず失笑してしまった。

さっきの話、もう忘れているのだろうか。

雑誌で公開する交友関係は、カステラやＧＡＰのシャツと同じ。それはもちろん大好きだったり必要だったりするものだけれど、自分にとっての唯一無二《ゆいいつむに》ってわけじゃない。

いちばん好きなもののことは、もったいないから誰にも教えない。

あとがき

月村　奎

こんにちは。お元気でおすごしですか。

久々のあとがきなので、なんだか緊張しています。

あとがきくらいで緊張するやつがいるかよ、単に行数稼《かせ》ぎに適当なことを書いてるだけだろう、と思われそうですが、それもありつつ、しかし本当に緊張しています。

とにかく緊張しやすい体質で困っています。先月運転免許の更新に行ったときには、視力検査のために名前を呼ばれただけで心臓が口から飛び出しそうになり、右と左を何度も言い間違えてあやうく「要眼鏡」になるところでした。風邪《かぜ》で病院に行ったときには緊張しすぎて聴診器をあてられるたびに心臓がびくっとなり、「不整脈がひどいから精密検査を」という話に（精密検査では異常なしでした）。歯医者さんでは緊張のあまり失神しかけ、税金の申告に行ったときには緊張しすぎて手が震えて字が書けず、怪しい脱税の人みたいになり……。

そんな小心者なので、こうして家にこもって一人でひっそりとできる仕事があるというのは、大変ありがたいことです。あと何年続けられるのかわかりませんが、細々と頑張っていけたらと思います。

これからもどうぞよろしくお願いいたします。

……と1ページで終わってしまいそうですが、あとがきは3ページです。というか、「何年続けられるか」も何も、久々の文庫が復刊って、オマエすでに終わってるだろうって話ですよ。ががーん。

いや、でも、雑誌では時々ひっそりと新たなお話を書かせていただいております。よろしかったら「小説ディアプラス」誌のバックナンバーなど取り寄せていただけると……って小心なんだか図々《ずうずう》しいんだかわからないキャラクターでお送りしております。

さて、「レジーデージー」はデビュー間もない頃に書いた、初めての文庫書き下ろし小説です。……と書いてからふと不安になり、旧版のカバー裏を確認してみたら、それはまったくの思い違いでした。失礼しました。それなら消して書き直せよとお思いでしょうが、行数稼ぎのためにあえてこのまま驀進《ばくしん》します。月村奎は小心なくせに図々しく、記憶力貧困かつあざといやつです。なんかやだ……。

そんなこんなで、「レジーデージー」は随分《ずいぶん》昔に書いたお話なので、色々と記憶が曖昧《あいまい》になっていますが、とても楽しんで書いたことと、イラストを大好きな依田沙江美《よりたさえみ》さんに描いていただけてものすごく嬉しかったことだけは今もはっきりと覚えています。

復刊にあたり、当時のイラストに加えてカバー等を描きおろして頂《いただ》けることになり、どんな感じになるのかなぁと、とてもわくわくしています。

依田沙江美様。お忙しい中、ありがとうございます！

このあとがきを書いている現在、ちょうど師走《しわす》の半《なか》ばです。そろそろ来年の目標を定めなくてはなりません。そんなものを定める必要があるのか？　という突っ込みはナシです。あと１ページ埋《う》めるためには、どうしても定めなくてはならないのです。

考えに考えた末、来年の目標は「失敗を恐れない」に決めました。ありきたりなようですが、私にとっては大変な目標です。失敗を恐れすぎるあまり、これまでの人生でどれだけの損と後悔を繰り返してきたかをお話しするには、少なくともあとがき３ページ分は必要です。だったら最初からそれを書けば良かったのだと今気付きました。残念です。

長々とおつきあいくださいまして、ありがとうございました。

こんな私がこうしてあとがきなど書かせていただけるのも、イリオモテヤマネコなみに絶滅を危惧《きぐ》されている希少な読者の皆様のおかげです。

この本が、ほんの少しでも皆様の息抜きのお供になれば幸せです。

ではでは、またお目にかかれますように。

二〇〇九年　十二月

D E A R + N O V E L

レジーデージー《レジーデージー》

この本を読んでのご意見、ご感想などをお寄せください。
月村 奎先生・依田沙江美先生へのはげましのおたよりもお待ちしております。
〒113-0024 東京都文京区西片2-19-18 新書館
[編集部へのご意見・ご感想] ディアプラス編集部「レジーデージー」係
[先生方へのおたより] ディアプラス編集部気付 ○○先生

初 出
レジーデージー：「レジーデージー」（1998／白泉社）
My Favorite Things：書き下ろし

新書館ディアプラス文庫

著者：**月村 奎** [つきむら・けい]
初版発行：**2010年 2 月25日**

発行所：**株式会社新書館**
［編集］〒113-0024 東京都文京区西片 2-19-18 電話(03)3811-2631
［営業］〒174-0043 東京都板橋区坂下 1-22-14 電話(03)5970-3840
［URL］http://www.shinshokan.co.jp/
印刷・製本：**図書印刷株式会社**

定価はカバーに表示してあります。乱丁・落丁本はお取替えいたします。
ISBN978-4-403-52232-1

S H I N S H O K A N

BREATHLESS 続・だから僕は溜息をつく イラスト みずき健
リゾラバで行こう! イラスト みずき健
プリズム イラスト みずき健
晴れの日にも逢おう イラスト みずき健

✤新堂奈槻《しんどう・なつき》
君に会えてよかった①～③ イラスト 蔵王大志（※③定価630円）
ぼくはきみを好きになる? イラスト あとり硅子
one coin lover イラスト 前田とも
タイミング イラスト 前田とも

✤菅野 彰《すがの・あきら》
眠れない夜の子供 イラスト 石原 理
愛がなければやってられない イラスト やまかみ梨由
17才 イラスト 坂井久仁江
恐怖のダーリン♡ イラスト 山田睦月
青春残酷物語 イラスト 山田睦月
なんでも屋ナンデモアリ アンダードッグ ①② イラスト 麻生 海

✤菅野 彰&月夜野 亮《すがの・あきら&つきよの・あきら》
おおいぬ荘の人々 全7巻 イラスト 南野ましろ（※②定価620円）

✤砂原糖子《すなはら・とうこ》
斜向かいのヘブン イラスト 依田沙江美
セブンティーン・ドロップス イラスト 佐倉ハイジ
純情アイランド イラスト 夏目イサク（※定価651円）
204号室の恋 イラスト 藤井咲耶
言ノ葉ノ花 イラスト 三池ろむこ
恋のはなし イラスト 高久尚子
虹色スコール イラスト 佐倉ハイジ
15センチメートル未満の恋 イラスト 南野ましろ
スリープ イラスト 高井戸あけみ

✤篁 釉以子《たかむら・ゆいこ》
パラリーガルは競り落とされる イラスト 真山ジュン

✤たかもり諫也（鷹守諫也 改め）《たかもり・いさや》
夜の声 冥々たり イラスト 藍川さとる
秘密 イラスト 氷栗 優
咬みつきたい。 イラスト かわい千草

✤玉木ゆら《たまき・ゆら》
元彼カレ イラスト やしきゆかり
Green Light イラスト 蔵王大志
ご近所さんと僕 イラスト 松本 青

ブライダル・ラバー イラスト 南野ましろ

✤月村 奎《つきむら・けい》
believe in you イラスト 佐久間智代
Spring has come! イラスト 南野ましろ
step by step イラスト 依田沙江美
もうひとつのドア イラスト 黒江ノリコ
秋霖高校第二寮 全3巻 イラスト 二宮悦巳
エンドレス・ゲーム イラスト 金ひかる（※定価682円）
エッグスタンド イラスト 二宮悦巳
きみの処方箋 イラスト 鈴木有布子
家賃 イラスト 松本 花
WISH イラスト 橋本あおい
ビター・スイート・レシピ イラスト 佐倉ハイジ
秋霖高校第二寮リターンズ①② イラスト 二宮悦巳
レジーデージー イラスト 依田沙江美

✤名倉和希《なくら・わき》
はじまりは窓でした。 イラスト 阿部あかね

✤ひちわゆか《ひちわ・ゆか》
少年はKISSを浪費する イラスト 麻々原絵里依
ベッドルームで宿題を イラスト 二宮悦巳
十三階のハーフボイルド① イラスト 麻々原絵里依（※定価620円）

✤日夏塔子（榊 花月）《ひなつ・とうこ》
アンラッキー イラスト 金ひかる
心の闇 イラスト 紺野けい子
やがて鐘が鳴る イラスト 石原 理（※定価714円）

✤前田 栄《まえだ・さかえ》
ブラッド・エクスタシー イラスト 真東砂波
JAZZ 全4巻 イラスト 高群 保

✤松岡なつき《まつおか・なつき》
【サンダー&ライトニング 全5巻】 イラスト カトリーヌあやこ
30秒の魔法 全3巻 イラスト カトリーヌあやこ
華やかな迷宮 全5巻 イラスト よしながふみ

✤松前侑里《まつまえ・ゆり》
月が空のどこにいても イラスト 碧也ぴんく
雨の結び目をほどいて イラスト あとり硅子
空から雨が降るように 雨の結び目をほどいて② イラスト あとり硅子
ピュア½ イラスト あとり硅子
地球がとっても青いから イラスト あとり硅子

猫にGOHAN イラスト あとり硅子
その瞬間、ぼくは透明になる イラスト あとり硅子
籠の鳥はいつも自由 イラスト 金ひかる
階段の途中で彼が待ってる イラスト 山田睦月
愛は冷蔵庫の中で イラスト 山田睦月
水色ステディ イラスト テクノサマタ
空にはちみつムーン イラスト 二宮悦巳
月とハニーベア イラスト 二宮悦巳
Try Me Free イラスト 高星麻子
リンゴが落ちても恋は始まらない イラスト 麻々原絵里依
星に願いをかけないで イラスト あさとえいり
カフェオレ・トワイライト イラスト 木下けい子
プールいっぱいのブルー イラスト 夢花 李
アウトレットな彼と彼 イラスト 山田睦月
ピンクのピアニシモ イラスト あさとえいり
パラダイスより不思議 イラスト 麻々原絵里依
もしも僕が愛ならば イラスト 金ひかる
春待ちチェリーブロッサム イラスト 三池ろむこ
コーンスープが落ちてきて イラスト 宝井理人
センチメンタルなビスケット イラスト RURU

✤真瀬もと《まなせ・もと》
スウィート・リベンジ 全3巻 イラスト 金ひかる
きみは天使ではなく。 イラスト あとり硅子
背中合わせのくちづけ 全3巻 イラスト 麻々原絵里依
熱情の契約 イラスト 笹生コーイチ
上海夜想曲 イラスト 後藤 星
太陽は夜に惑う イラスト 稲荷家房之介

✤渡海奈穂《わたるみ・なほ》
甘えたがりで意地っ張り イラスト 三池ろむこ
ロマンチストなろくでなし イラスト 夏乃あゆみ
神さまと一緒 イラスト 窪スミコ
マイ・フェア・ダンディ イラスト 前田とも
夢は廃墟をかけめぐる☆ イラスト 依田沙江美
恋になるなら イラスト 富士山ひょうた
さらってよ イラスト 麻々原絵里依
正しい恋の悩み方 イラスト 佐々木久美子
手を伸ばして目を閉じないで イラスト 松本ミーコハウス
ゆっくりまっすぐ近くにおいで イラスト 金ひかる
兄弟の事情 イラスト 阿部あかね
未熟な誘惑 イラスト 二宮悦巳

<ディアプラス小説大賞>
募集中！

トップ賞は必ず掲載!!

賞と賞金

大賞・30万円
佳作・10万円

内容

ボーイズラブをテーマとした、ストーリー中心のエンターテインメント小説。ただし、商業誌未発表の作品に限ります。

・第四次選考通過以上の希望者には批評文をお送りしています。詳しくは発表号をご覧ください。なお応募作品の出版権、上映などの諸権利が生じた場合その優先権は新書館が所持いたします。
・応募封筒の裏に、**【タイトル、ページ数、ペンネーム、住所、氏名、年齢、性別、電話番号、作品のテーマ、投稿歴、好きな作家、学校名または勤務先】**を明記した紙を貼って送ってください。

ページ数

400字詰め原稿用紙100枚以内（鉛筆書きは不可）。ワープロ原稿の場合は一枚20字×20行のタテ書きでお願いします。原稿にはノンブル（通し番号）をふり、右上をひもなどでとじてください。なお原稿には作品のあらすじを400字以内で必ず添付してください。
小説の応募作品は返却いたしません。必要な方はコピーをとってください。

しめきり

年2回　1月31日/7月31日（必着）

発表

1月31日締切分…小説ディアプラス・ナツ号（6月20日発売）誌上
7月31日締切分…小説ディアプラス・フユ号（12月20日発売）誌上
※各回のトップ賞作品は、発表号の翌号の小説ディアプラスに必ず掲載いたします。

あて先

〒113-0024　東京都文京区西片2-19-18
株式会社 新書館
ディアプラス チャレンジスクール〈小説部門〉係